Eduardo Mendoza, né à Barcelone en 1943, a écrit de nombreux ouvrages, notamment *Le Mystère de la crypte ensorcelée*, *La Vérité sur l'affaire Savolta*, *L'Île enchantée*, *La Ville des prodiges*, *Une comédie légère* – prix du Meilleur Livre étranger 1998 –, *Les Aventures miraculeuses de Pomponius Flatus* et *Batailles de chats*. Il est l'un des auteurs espagnols les plus lus et les plus traduits de ces dernières années.

Eduardo Mendoza

SANS NOUVELLES DE GURB

ROMAN

Traduit de l'espagnol
par François Maspero

Éditions du Seuil

TEXTE INTÉGRAL

TITRE ORIGINAL
Sin noticias de Gurb
ÉDITEUR ORIGINAL
Editorial Seix Barral, S.A. Barcelone
ISBN original : 84-322-0460-7

ISBN 978-2-7578-3234-9

Le 9 de ce mois

0 h. 01 (heure locale) Atterrissage sans difficulté. Propulsion conventionnelle (amplifiée). Vitesse d'atterrissage : 6,30 de l'échelle conventionnelle (restreinte). Vitesse au moment de l'atterrissage : 4 de l'échelle Infra-U1 ou 9 de l'échelle Molina. Cubication : AZ-0,3.

Lieu de l'atterrissage : 63Ω (IIß) 284763947 83639473 937492749.

Dénomination locale du lieu de l'atterrissage : Sardanyola.

7 h. 00 Conformément aux ordres donnés (par moi), Gurb se prépare à prendre contact avec les formes de vie (réelles et potentielles) de la région. Étant donné que nous voyageons sous une forme incorporelle (intelligence pure-facteur analytique 4800), je décide qu'il adoptera un corps analogue à ceux des habitants de la zone. Objectif : de pas attirer l'attention de la faune autochtone (réelle et potentielle). Après consultation du Catalogue Astral Terrestre Indicatif des Formes Assimilables

(CATIFA), je choisis pour Gurb l'apparence de l'être humain dénommé Madonna.

7 h. 15 Gurb abandonne le vaisseau par l'écoutille n° 4. Ciel dégagé avec brises de secteur sud ; température, 15 degrés centigrades ; humidité relative, 56 % ; état de la mer, calme.

7 h. 21 Premier contact avec un habitant de la zone. Données transmises par Gurb : taille de l'être individualisé, 170 centimètres ; périmètre crânien, 57 centimètres ; nombre d'yeux, 2 ; longueur de la queue, 0,00 centimètre (absente). L'être communique au moyen d'un langage d'une grande simplicité structurelle, mais d'une sonorisation très complexe, car il doit l'articuler *en se servant d'organes internes*. Conceptualisation extrêmement pauvre. Dénomination de l'être : Lluc Puig i Roig (prononciation impossible, réception probablement défectueuse ou incomplète). Fonction biologique de l'être : professeur titulaire (activité exclusive) à l'Université Autonome de Bellaterra. Niveau de compréhension, faible. Dispose d'un moyen de locomotion d'une grande simplicité structurelle mais d'une grande complication de maniement, dénommé Ford Fiesta.

7 h. 23 Gurb est invité par l'être à monter dans son moyen de locomotion. Il demande des instructions. Je lui donne l'ordre d'accepter la proposition. Objectif fondamental : ne pas attirer

l'attention de la faune autochtone (réelle et potentielle).

7 h. 30 Sans nouvelles de Gurb.

8 h. 00 Sans nouvelles de Gurb.

9 h. 00 Sans nouvelles de Gurb.

12 h. 30 Sans nouvelles de Gurb.

20 h. 30 Sans nouvelles de Gurb.

Le 10 du même mois

7 h. 00 Je décide de partir à la recherche de Gurb. Avant de partir, je dissimule le vaisseau pour éviter toute découverte et inspection de celui-ci par la faune autochtone. Après consultation du Catalogue Astral, je décide de transformer le vaisseau en corps terrestre connu sous la dénomination d'appartement familial, dupl., chauf. centr., liv., 3 ch., 2 s. de b., cuis. Terrasse. Piscine ds imm. Pkg. 2 pl. Facil. crédit max.

7 h. 30 Je décide d'adopter l'apparence d'un être humain individualisé. Après consultation du Catalogue, j'opte pour le comte et duc d'Olivares.

7 h. 45 Au moment d'abandonner le vaisseau par l'écoutille (devenue porte à deux battants d'une grande simplicité structurelle mais d'un maniement extrêmement compliqué), je choisis de me matérialiser là où la concentration d'êtres individualisés est la plus forte, dans le but de ne pas attirer l'attention.

8 h. 00 Je me matérialise à l'endroit dénommé carrefour Diagonale-Paseo de Gracia. Je suis écrasé par l'autobus n° 17 Barceloneta-Vall d'Hebron. Je dois récupérer ma tête qui est allée rouler à la suite de la collision. Opération malaisée du fait de l'affluence des véhicules.

8 h. 01 Écrasé par une Opel Corsa.

8 h. 02 Écrasé par une camionnette de livraison.

8 h. 03 Écrasé par un taxi.

8 h. 04 Je récupère ma tête et je la lave à une fontaine publique située à quelques mètres du lieu de la collision. J'en profite pour analyser la composition de l'eau locale : hydrogène, oxygène et caca.

8 h. 15 Vu la forte densité d'êtres individualisés, il sera probablement difficile de repérer Gurb *à l'œil nu* mais je résiste à la tentation d'établir un contact sensoriel, car j'ignore les conséquences que celui-ci pourrait avoir sur l'équilibre écologique de la région et, par suite, de ses habitants.

Les êtres humains sont des choses de taille variable. Les plus petits le sont tellement que si d'autres humains plus grands ne les poussaient pas dans une petite voiture ils ne tarderaient pas à être piétinés (et probablement à perdre leur tête). Les plus grands dépassent rarement 200 centimètres de long. À noter ce détail surprenant : quand ils sont couchés, *ils gardent exactement la même dimension* que quand ils sont debout. Certains portent une moustache ; d'autres une barbe et une moustache ; d'autres enfin une barbe, une moustache et des cheveux, naturels ou postiches. Presque tous possèdent deux yeux qui, selon le sens dans lequel on regarde la tête, sont situés sur la partie antérieure ou postérieure de celle-ci. Pour marcher, ils se déplacent de l'arrière vers l'avant, ce qui les oblige à équilibrer le mouvement des jambes par un *vigoureux va-et-vient des bras*. Les plus pressés renforcent l'effet de ce va-et-vient au moyen de serviettes en cuir ou en plastique, ou de petites valises appelées Samsonite, faites d'une matière originaire d'une autre planète. Le système de déplacement des automobiles (quatre roues parallèles remplies d'air fétide) est plus rationnel, et permet d'atteindre des vitesses plus grandes. Je ne dois ni voler ni marcher sur la tête si je ne veux pas passer pour un excentrique. Note : maintenir en permanence un pied – n'importe lequel des deux fait l'affaire – en contact avec le sol, ou alors se servir de l'organe externe appelé cul.

11 h. 00 Cela va faire bientôt trois heures que j'attends dans l'espoir de voir passer Gurb. Attente inutile. Le flot des êtres humains, en cet endroit de la ville, ne décroît pas. C'est même le contraire. Je calcule que les probabilités que Gurb passe

par ici sans que je le voie sont de soixante-treize contre une. À ce calcul, il faut ajouter cependant deux variables : *a)* que Gurb *ne passe pas* par ici ; *b)* que Gurb passe par ici, mais *en ayant modifié son apparence externe*. Dans ce dernier cas, les probabilités que je ne le voie pas sont de l'ordre de 9^{18} milliards contre une.

12 h. 00 C'est l'heure de l'angélus. Je me recueille quelques instants, en espérant que Gurb ne va pas justement passer devant moi pendant ce temps.

13 h. 00 La station debout à laquelle je soumets mon corps depuis cinq heures m'a épuisé. La tension musculaire s'ajoute à l'effort continuel que je dois faire pour inspirer et expirer l'air. Une fois, j'ai oublié de le faire pendant plus de cinq minutes, ma figure est devenue violette, mes yeux sont sortis de leurs orbites et j'ai dû de nouveau aller les chercher sous les roues des voitures. Si ça continue, je vais finir par attirer l'attention. Il semble que les êtres humains inspirent et expirent de façon automatique, et qu'ils appellent cela la *respiration*. Cet automatisme, qui ne peut que provoquer le dégoût chez tout être civilisé et que je consigne ici pour des raisons purement scientifiques, les humains ne le pratiquent pas seulement pour la respiration, mais pour beaucoup de fonctions corporelles, comme la circulation du sang, la digestion, le mouvement des paupières – qui, à la différence des deux fonctions précédentes, peut

être contrôlé, auquel cas on l'appelle *clin d'œil* –, la croissance des ongles, etc. Les humains sont tellement dépendants du fonctionnement automatique de leurs organes (et organismes) qu'ils feraient leurs cochonneries sur eux si, dès leur enfance, on ne leur apprenait à subordonner la nature à la décence.

14 h. 00 Je suis arrivé à la limite de ma résistance physique. Je me repose en posant mes deux genoux sur le sol, la jambe gauche pliée en arrière et la droite pliée en avant. En me voyant dans cette posture, une dame me donne une pièce de vingt-cinq pesetas, que j'ingère sur-le-champ pour ne pas avoir l'air impoli. Température, 20 degrés centigrades ; humidité relative, 64 % ; vents faibles de secteur sud ; état de la mer, calme.

14 h. 30 La densité de la circulation sur roues et sur pieds diminue légèrement. Toujours sans nouvelles de Gurb. Au risque d'altérer le précaire équilibre écologique de la planète, je décide d'établir un contact sensoriel. Je profite d'un moment où ne passent pas d'autobus pour faire le vide dans mon esprit et émettre des ondes sur la fréquence H76420ba1400009 que j'élève progressivement à H76420ba1400010.

À la seconde tentative je reçois un signal, d'abord faible, puis plus clair. Je décode le message, qui semble parvenir de deux points différents, encore que très proches l'un de l'autre compte tenu du diamètre de la Terre. Texte du message (décodé) :

– D'où nous appelez-vous, madame Cargols ?

– De Sant Joan Despí.

– D'où ça ?

– De Sant Joan Despí. De Sant Joan Despí. Vous ne m'entendez pas ?

– On dirait que nous avons un petit problème de réception, ici au studio, madame Cargols. Vous nous entendez bien ?

– Qu'est-ce que vous dites ?

– Je dis : est-ce que vous nous entendez bien. Madame Cargols ?

– Oui, oui. Je vous entends très bien.

– Vous m'entendez, madame Cargols ?

– Très bien, très bien.

– Et d'où nous appelez-vous, madame Cargols ?

– De Sant Joan Despí.

– De Sant Joan Despí. Et vous nous entendez bien, de Sant Joan Despí, madame Cargols ?

– Je vous entends très bien. Et vous, comment vous m'entendez ?

– Moi, très bien. D'où nous appelez-vous, madame Cargols ?

J'ai bien peur d'avoir plus de mal à localiser Gurb que je ne le supposais.

15 h. 00 Je décide de parcourir systématiquement la ville au lieu de rester toujours au même endroit. Ainsi les probabilités de ne pas trouver

Gurb seront dix fois moins élevées, soit 900^{18} millions, ce qui laisse encore le résultat incertain. Je marche en suivant le plan héliographique idéal que j'ai incorporé à mes circuits internes en quittant le vaisseau. Je tombe dans une tranchée ouverte par la Compagnie Catalane du Gaz.

15 h. 02 Je tombe dans une tranchée ouverte par la Compagnie Hydroélectrique de Catalogne.

15 h. 03 Je tombe dans une tranchée ouverte par la Compagnie des Eaux de Barcelone.

15 h. 04 Je tombe dans une tranchée ouverte par la Compagnie Nationale du Téléphone.

15 h. 05 Je tombe dans une tranchée ouverte par l'Association des riverains de la rue Córcega.

15 h. 06 Je décide de renoncer au plan héliographique idéal et de marcher en regardant où je mets les pieds.

19 h. 00 Voilà quatre heures que je marche. Je ne sais pas où je suis et mes jambes ne me portent plus. La ville est immense. La foule, constante. Le vacarme aussi. Je m'étonne de ne pas rencontrer les monuments habituels, par exemple le Cénotaphe de la Très Sainte Vierge Marie, qui pourraient me servir de points de repère. J'ai arrêté un piéton qui semblait posséder un niveau de compréhension

assez élevé et l'ai prié de me dire où je pouvais retrouver une personne perdue. Il m'a demandé l'âge de la personne. Je lui ai répondu qu'elle avait six mille cinq cent treize ans et il m'a suggéré d'aller voir aux grands magasins du Corte Inglés. Le plus dur est d'avoir à respirer cet air chargé de particules succulentes. Il est de notoriété publique que, dans certains quartiers, la densité de l'air est telle que leurs habitants le mettent en sacs et l'exportent sous le nom de *boudin*. J'ai les yeux irrités, le nez bouché, la bouche sèche. On est quand même mieux à Sardanyola !

20 h. 30 Avec le coucher du soleil, les conditions atmosphériques s'amélioreraient considérablement si les humains n'avaient l'idée d'allumer les lampadaires. Il semble qu'ils en ont besoin pour pouvoir rester dans la rue, car il semble aussi que les humains qui ont pourtant, pour la plupart, des physionomies ingrates et même franchement laides, ne peuvent vivre sans se voir les uns les autres. Pour tout arranger, les voitures ont également allumé leurs phares dans le but de mieux s'agresser entre elles. Température, 17 degrés centigrades ; humidité relative, 62 % ; vents faibles de sud-ouest ; état de la mer, légèrement agitée.

21 h. 30 Ça suffit comme ça. Impossible de faire un pas de plus. Ma détérioration physique est considérable. J'ai perdu un bras, une jambe et les deux oreilles, et ma langue pend tellement que j'ai

dû me l'attacher à la ceinture car elle m'avait fait avaler quatre crottes de chien et un nombre indéterminé de mégots. Dans ces conditions, mieux vaut remettre à demain la suite de mes recherches. Je m'abrite sous un camion à l'arrêt, je me désintègre et me rematérialise dans le vaisseau.

21 h. 45 Je me recharge en énergie.

21 h. 50 Je me mets en pyjama. L'absence de Gurb me démoralise beaucoup. Après avoir passé toutes nos soirées ensemble depuis huit cents ans, je ne sais comment tuer les heures qui précèdent le sommeil. Je pourrais regarder la télévision locale ou lire un épisode des aventures de Lolita Galaxie, mais je n'en ai pas envie. Je ne m'explique pas l'absence de Gurb, et encore moins son silence. Je n'ai jamais été un chef sévère. J'ai toujours laissé toute liberté à l'équipage, je veux dire à Gurb, de sortir à sa guise (pendant ses heures libres), mais s'il ne doit pas rentrer ou s'il doit rentrer tard, la moindre des politesses serait de me prévenir.

Le 11

8 h. 00 Toujours sans nouvelles de Gurb. J'essaye à nouveau d'établir un contact sensoriel. Je perçois la voix colérique d'un individu qui exige, au nom des citoyens *de la base* qu'il prétend représenter, qu'un certain Guerra[1] assume toutes ses responsabilités. Je renonce au contact sensoriel.

8 h. 30 Je quitte le vaisseau et, déguisé en cormoran, j'observe la région du haut du ciel.

9 h. 30 Je mets fin à l'opération et je rentre au vaisseau. Si les villes sont tortueuses et d'une conception qui défie la raison, mieux vaut ne pas parler de la campagne qui les entoure. Rien n'est régulier, rien n'est plat, tout semble fait au contraire pour en compliquer l'usage. Vu d'en haut, le tracé de la côte ressemble à l'œuvre d'un dément.

1. Alfonso Guerra, vice-président du parti socialiste espagnol (PSOE), ministre, dont le frère a été compromis dans certaines « affaires ». *[N.d.T.]*

9 h. 45 Après étude approfondie du plan de la ville (version cartographique à double axe elliptique), je décide de continuer à chercher Gurb dans une zone périphérique de celle-ci, habitée par une variante de l'espèce humaine appelée *pauvres*. Comme le Catalogue Astral leur attribue un niveau de compréhension passablement inférieur à la variante dite des *riches* et très inférieure à celle dénommée *classe moyenne*, je choisis l'apparence de l'être individuel répondant au nom de Gary Cooper.

10 h. 00 Je me matérialise dans une rue apparemment déserte du quartier de San Cosme. Je doute que Gurb soit venu s'installer ici de son propre chef, encore qu'il n'ait jamais brillé par son intelligence.

10 h. 01 Un groupe de jeunes gens munis de couteaux me prend mon portefeuille.

10 h. 02 Un groupe de jeunes gens munis de couteaux me prend mes pistolets et mon étoile de shérif.

10 h. 03 Un groupe de jeunes gens munis de couteaux me prend mon gilet, ma chemise et mon pantalon.

10 h. 04 Un groupe de jeunes gens munis de couteaux me prend mes bottes, mes éperons et mon harmonica.

10 h. 10 Une voiture-patrouille de la police nationale s'arrête à ma hauteur. Un membre de la police nationale en descend, m'informe de mes droits constitutionnels, me passe les menottes et, d'un coup bien ajusté, m'envoie dans la voiture-patrouille. Température, 21 degrés centigrades ; humidité relative, 75 % ; rafales de secteur sud ; état de la mer, agitée.

10 h. 30 J'entre dans la cage d'un commissariat. La cage est déjà occupée par un personnage dépenaillé auquel je me présente et que je mets au courant des vicissitudes qui m'ont amené en ce lieu d'infamie.

10 h. 45 Une fois dissipée la méfiance immédiate que les humains éprouvent à l'égard de tous leurs congénères quels qu'ils soient, l'individu auquel le sort m'a lié décide d'entamer la conversation. Il me tend sa carte de visite qui est libellée comme suit :

JETULIO PENCAS
Mendiant diplômé
Tire les cartes, joue du violon, travail soigné
Sur la voie publique et à domicile

10 h. 50 Mon nouvel ami me raconte qu'il s'est fait *agrafer* par erreur, car de toute sa vie il n'a jamais ouvert une voiture pour y prendre

quoi que ce soit, que la mendicité lui donne les moyens de vivre honorablement, et que la poudre saisie sur lui par les policiers n'est pas ce qu'ils prétendent mais seulement les cendres de feu son père, paix à son âme, qu'il se proposait justement ce jour-là de répandre sur la ville du haut du Mirador de l'Alcade. Après quoi il m'explique qu'il n'y a pas un mot de vrai dans tout ce qu'il vient de me raconter et que, d'ailleurs, vrai ou faux c'est du pareil au même, vu que la justice de ce pays est pourrie et que, sans preuves ni témoins, sur notre seule mine, on va nous envoyer tous les deux *au trou* dont nous sortirons avec le sida et des puces. Je lui dis que je ne comprends rien et il me répond qu'il n'y a rien à comprendre, que je n'ai pas besoin de *jouer au mariole*, et il précise que la vie est *comme ça* et que toute *la magouille* réside dans le fait que la richesse de ce pays est mal répartie. En guise d'exemple il me cite le cas d'un individu dont je ne retiens pas le nom, qui s'est fait construire une villa avec vingt-deux W.-C., et il ajoute qu'il souhaite à ce personnage d'avoir la chiasse et de les trouver tous occupés. Là-dessus, il monte sur un châlit pour proclamer que quand les siens (ses W.-C. ?) prendront le pouvoir, il obligera ledit individu à faire ses besoins au poulailler et répartira les vingt-deux W.-C. entre autant de familles de chômeurs en fin de droits. Comme ça, poursuit-il, elles auront de quoi s'amuser jusqu'à ce qu'on leur donne du travail, comme on a promis de le faire. Sur ce, il tombe du châlit et se fend le crâne.

11 h. 30 Un membre de la police nationale qui n'est pas celui déjà mentionné ouvre la porte de la cage et nous donne l'ordre de le suivre, aux fins, semble-t-il, de comparaître devant le commissaire. Épouvanté par les harangues de mon nouvel ami, je décide d'adopter une apparence plus respectable et je me transforme en Don José Ortega y Gasset. Par solidarité, je métamorphose mon nouvel ami en Don Miguel de Unamuno.

11 h. 35 Nous comparaissons devant le commissaire, lequel nous examine de haut en bas, se gratte la tête, déclare qu'il n'a pas l'intention de se compliquer la vie et ordonne notre mise en liberté.

11 h. 40 Mon nouvel ami et moi prenons congé l'un de l'autre à la porte du commissariat. Avant de nous séparer, mon nouvel ami me prie de lui rendre son apparence première, vu qu'avec une allure pareille personne ne lui fera plus l'aumône, même s'il se colle des pustules adhésives qui lui donneront un aspect vraiment répugnant. Je fais ce qu'il me demande et il s'en va.

11 h. 45 Je reprends mes recherches.

14 h. 30 Toujours sans nouvelles de Gurb. Imitant les personnes qui m'entourent, je décide de manger.

Comme tous les établissements sont fermés, sauf quelques-uns appelés *restaurants*, j'en déduis que c'est là qu'on sert des repas. Je renifle les poubelles à l'entrée de divers *restaurants* jusqu'à ce que j'en trouve une qui éveille mon appétit.

14 h. 45 J'entre dans le *restaurant* et un monsieur tout de noir vêtu me demande d'un air renfrogné si j'ai *réservé*. Je lui réponds que non, mais que je me fais construire une villa avec vingt-deux W.-C. Je suis conduit en un clin d'œil à une table ornée d'un bouquet de fleurs, que j'ingère pour ne pas avoir l'air impoli. On me donne la carte (non codée), je la lis, et je commande du jambon, du melon au jambon et du melon. On me demande ce que je veux boire. Pour ne pas attirer l'attention, je commande le liquide le plus commun chez les êtres humains : de l'urine.

16 h. 15 Je prends un café. La maison m'offre un verre de liqueur de *poire*. Après quoi, on m'apporte l'addition, qui se monte à six mille huit cent trente-quatre pesetas. Je n'ai pas un sou.

16 h. 35 Je fume un Montecristo numéro 2 (deux) en réfléchissant au moyen de sortir de ce mauvais pas. Je pourrais me désintégrer, mais je repousse cette idée parce que *a)* cela pourrait attirer l'attention des serveurs et des clients et *b)* ce ne serait pas juste de faire retomber les conséquences de mon imprévoyance sur des gens

tellement aimables, qui m'ont fait cadeau d'une liqueur de *poire*.

16 h. 40 Prétextant avoir oublié quelque chose dans ma voiture, je sors, j'avise un kiosque et j'y prends des bulletins et des billets des divers systèmes de loterie qui y sont en vente.

16 h. 45 Je manipule les chiffres en me servant de quelques formules élémentaires et j'obtiens la somme de cent vingt-deux millions de pesetas. Je retourne au *restaurant*, je règle l'addition et je laisse cent millions de pourboire.

16 h. 55 Je reprends la recherche de Gurb par l'unique méthode que je connaisse : marcher dans les rues.

20 h. 00 J'ai tant marché que mes chaussures fument. J'ai perdu un talon, ce qui me force à un déhanchement aussi ridicule que fatigant. J'enlève mes chaussures, j'entre dans un magasin et, avec l'argent qui me reste du *restaurant*, j'achète une paire de chaussures neuves moins pratiques que les précédentes, mais fabriquées dans un matériau très résistant. Équipé de ces nouvelles chaussures, appelées *skis*, j'entreprends de parcourir le quartier de Pedralbes.

21 h. 00 J'achève ma visite du quartier de Pedralbes sans avoir trouvé Gurb, mais très

favorablement impressionné par l'élégance de ses maisons, le recueillement de ses rues, la luxuriance de ses pelouses et l'abondance de ses piscines. Je ne sais pas pourquoi il y a des gens qui préfèrent habiter des quartiers comme celui de San Cosme, de triste mémoire, quand ils peuvent le faire dans des quartiers comme celui de Pedralbes. Il est possible qu'il s'agisse moins d'une question de préférences que d'une question d'argent.

Apparemment, les êtres humains se divisent, entre autres catégories, en riches et en pauvres. C'est là une division à laquelle ils accordent une grande importance, sans que l'on sache pourquoi. La différence fondamentale entre les riches et les pauvres paraît être la suivante : les riches, où qu'ils aillent, ne payent pas et peuvent acheter ou consommer tout ce qui leur plaît. En revanche les pauvres payent même pour suer. L'exemption dont jouissent les riches peut remonter loin ou avoir été obtenue récemment, ou encore être provisoire, ou être feinte ; en fin de compte, ça revient au même. Du point de vue statistique, il semble prouvé que les riches vivent plus longtemps et mieux que les pauvres, qu'ils sont plus grands, mieux portants et plus beaux, qu'ils s'amusent davantage, voyagent en des pays plus exotiques, reçoivent une meilleure éducation, travaillent moins, s'entourent de plus de confort, ont plus de vêtements, surtout de demi-saison, sont mieux soignés quand ils sont malades, sont enterrés avec plus d'apparat, et restent plus longtemps dans les mémoires. Ils ont aussi plus de probabilités d'avoir leur portrait dans les journaux, revues et almanachs.

21 h. 30 Je décide de rentrer au vaisseau. Je me désintègre devant la porte du Monastère de Pedralbes, à la grande surprise de la Révérende Mère qui, à cet instant précis, sortait la poubelle.

22 h. 00 Je me recharge en énergie. Je m'apprête à passer une nouvelle nuit solitaire. Je lis un épisode de Lolita Galaxie, mais loin de me distraire, cette lecture que j'ai si souvent faite en compagnie de Gurb, en lui expliquant les passages les plus piquants parce qu'il n'est pas très futé, me donne le cafard.

22 h. 30 Fatigué de tourner en rond dans le vaisseau, je décide de me coucher. Cette journée a été épuisante. Je me mets en pyjama, je récite mes prières et je me couche.

Le 12

8 h. 00 Toujours sans nouvelles de Gurb. Il pleut à seaux. La pluie de Barcelone ressemble à l'activité de son Conseil municipal : elle est rare, mais quand elle tombe, elle est d'une brutalité stupéfiante. Je décide de ne pas sortir et d'employer la matinée à faire un peu de ménage dans le vaisseau.

9 h. 00 Cela fait une heure que je me démène et je n'en peux plus. J'ai toujours chargé Gurb de ce genre de besognes et le manque d'habitude me crève. Dieu fasse qu'il revienne bientôt.

9 h. 10 Pour tuer le temps, je regarde un peu la télévision. Des individus défilent sur l'écran, tous appartenant au genre humain. Après avoir suivi leur manège pendant un moment, je comprends que j'assiste à un concours assez semblable à ceux qui ont tant de succès sur ma planète, mais avec un contenu beaucoup plus grossier. Un couple de sexe biologiquement différencié (encore que

non visible pour le moment) est interrogé sur le nom de famille de Napoléon. Bredouillements. La femme répond sur le mode dubitatif : Benavente ? La réponse n'est pas correcte. C'est alors au tour du couple rival, qui occupe un podium situé à l'autre extrémité du studio : Bombita ? La réponse n'est pas davantage correcte. Le présentateur applaudit et informe les couples en compétition qu'ils ont perdu ou gagné un demi-million de pesetas. Trépignements des candidats sur leurs podiums respectifs. Une nouvelle candidate entre en lice : elle participe au concours depuis vingt mois sans discontinuer. Je décide d'éteindre. Température, 16 degrés centigrades ; humidité relative, 90 % ; vents forts de secteur nord-est ; état de la mer, agitée.

9 h. 55 Sous l'apparence de Julio Romero de Torres[1] (dans sa version *avec* parapluie), je me matérialise dans le café du village, où je m'envoie deux œufs au bacon et feuillette la presse matinale. Les êtres humains ont un système conceptuel tellement primitif qu'ils doivent lire les journaux pour être au courant de ce qui se passe. Ils ne savent pas qu'un simple œuf de poule contient davantage d'informations que toute la presse qui est publiée dans le pays. Et autrement dignes de foi. Dans les œufs que l'on vient de me donner,

1. Peintre du début du siècle, célèbre pour ses espagnolades. *[N.d.T.]*

et malgré l'huile dans laquelle ils baignent, je lis les cours de la Bourse, un sondage d'opinion sur l'honnêteté des hommes politiques (70 % des poules croient que les hommes politiques sont honnêtes) et les résultats des matchs de basket qui seront disputés demain. Ah ! comme la vie des humains serait plus facile si quelqu'un leur avait appris à décoder !

10 h. 30 Le café *arrosé* m'a mis K.O. Je retourne au vaisseau, je me mets en pyjama et je me couche. Je décide de consacrer le reste de la journée au repos. Pour ne pas perdre complètement mon temps, j'entreprends la lecture systématique de ce que l'on appelle le roman contemporain, dont la réputation a franchi les limites de cette planète.

13 h. 30 J'ai terminé la lecture de *Sans famille*. Le temps est toujours couvert, mais la pluie s'est arrêtée. Je décide de descendre en ville. Je veux résoudre une fois pour toutes cette maudite histoire d'argent. Il me reste encore quelque chose de ce que j'ai gagné hier au Loto, mais je préfère être dégagé de tout souci pour la durée de mon séjour sur la Terre.

13 h. 50 Je me présente dix minutes avant la fermeture dans une succursale du Crédit Agricole de la Sierra Morena et manifeste mon désir d'ouvrir un compte. Pour inspirer confiance, j'ai

adopté l'apparence de Sa Sainteté Pie XII, d'heureuse mémoire.

13 h. 52 L'employé qui se trouve au guichet me remet un formulaire, que je remplis.

13 h. 55 L'employé qui se trouve au guichet sourit et m'informe que son administration dispose de diverses formes de comptes (compte-dépôt, compte courant, compte-impôts, compte-ni-vu-ni-connu, compte autant-en-emporte-le-vent, compte merde-à-celui-qui-le-lira, etc.). Selon l'importance de mon apport en espèces, dit-il, tel compte me donnera un meilleur rendement, tel autre de plus grandes disponibilités, tel autre de plus grands avantages fiscaux. Je réponds que je désire ouvrir un compte avec vingt-cinq pesetas.

13 h. 57 L'employé qui se trouve au guichet cesse de sourire, arrête de m'informer et, si mon oreille ne me trompe pas, expulse quelques vents. Après quoi il pianote un moment sur un ordinateur.

13 h. 59 L'ouverture du compte courant est chose faite. Juste une seconde avant la clôture des opérations du jour, je transmets des instructions à l'ordinateur pour qu'il ajoute quatorze zéros au solde. Instructions exécutées. Je sors de la banque. On dirait que le soleil veut se montrer.

14 h. 30 Je m'arrête devant un restaurant de fruits de mer. Je sais que les êtres humains ont pour coutume de fêter la réussite de leurs transactions commerciales dans ce genre d'endroits et, puisque je suis dans ce cas, je veux les imiter. Les restaurants de fruits de mer sont une variété ou catégorie de *restaurants* qui se caractérisent *a)* par les accessoires de pêche qui les décorent (c'est le plus important), *b)* par le fait qu'on y ingère des sortes de téléphones à pattes et autres animaux qui offensent tous également le goût, la vue, l'odorat et le toucher.

14 h. 45 Après un temps (15 minutes) d'hésitation, et compte tenu du fait que je déteste manger seul, je décide de reporter la cérémonie des fruits de mer à plus tard, quand j'aurai retrouvé Gurb. À ce moment-là, et avant de prendre les mesures disciplinaires qu'il mérite, nous célébrerons nos retrouvailles par un gueuleton.

15 h. 00 Maintenant que j'ai de l'argent, je décide de parcourir le centre de la ville et de visiter ses magasins réputés. Le ciel est de nouveau couvert, mais, pour le moment, il semble que le temps n'empire pas.

16 h. 00 J'entre dans une boutique. J'achète une *cravate*. Je l'essaye. Je conclus qu'elle me va bien et j'achète quatre-vingt-quatorze *cravates* pareilles.

16 h. 30 J'entre dans un magasin d'articles de sport. J'achète une lanterne, un bidon, un camping-gaz, un tee-shirt du Barça, le club olympique de Barcelone, une raquette de tennis, un équipement complet de planche à voile (de couleur rose phosphorescent) et trente paires de chaussures de jogging.

17 h. 00 J'entre dans une charcuterie et j'achète sept cents jambons fumés.

17 h. 10 J'entre chez un marchand de fruits et légumes, et j'achète une livre de carottes.

17 h. 20 J'entre chez un vendeur de voitures et j'achète une Maserati.

17 h. 45 J'entre dans un magasin d'électroménager et j'achète tout.

18 h. 00 J'entre dans un magasin de jouets et j'achète un déguisement d'Indien, cent douze petites culottes de poupée Barbie et une toupie.

18 h. 30 J'entre chez un marchand de vin, et j'achète cinq bouteilles de Baron Mouchoir Moqué 1952 et une dame-jeanne de huit litres de vin de table Le Pentateuque.

19 h. 00 J'entre dans une bijouterie et j'achète une Rolex en or automatique, waterproof, anti-

magnétique et antichoc, que je casse sur-le-champ.

19 h. 30 J'entre dans une parfumerie et j'achète quinze flacons d'Eau de Ferum, la dernière nouveauté.

20 h. 00 Je décide que l'argent ne fait pas le bonheur, je désintègre tout ce que j'ai acheté, et je continue ma promenade les mains dans les poches et le cœur léger.

20 h. 40 Pendant que je me promène sur les Ramblas, le ciel se couvre de gros nuages et des roulements de tonnerre se font entendre. De toute évidence, une perturbation chargée d'électricité s'approche.

20 h. 42 Par la faute de ma foutue radioactivité, la foudre me tombe dessus à trois reprises. Elle fait fondre la boucle de ma ceinture et la fermeture à glissière de ma braguette. Elle hérisse tous mes poils et mes cheveux, et je n'arrive pas à les ramener à leur état antérieur : je ressemble à un porc-épic.

20 h. 50 Toujours chargé d'électricité statique, je veux acheter *La Semaine à Barcelone* et je mets le feu au kiosque.

21 h. 03 Il tombe trois gouttes, et, au moment où ça semble s'arranger, une trombe s'abat avec

une telle violence que les rats sortent des égouts et grimpent à tout hasard sur la colonne de Christophe Colomb. Je cours me réfugier dans une taverne.

21 h. 04 Je suis dans la taverne. Saucissons, cervelas, chorizos et autres stalactites dégouttent de graisse sur la clientèle, composée de sept ou huit individus de sexe biologiquement différencié encore que non visible, sauf un gentleman qui a oublié de fermer sa braguette en sortant des toilettes. De l'autre côté du comptoir, pour servir le vin, se trouve quelque chose que je prends d'abord pour un homme. Un examen plus approfondi me révèle qu'il s'agit en réalité de deux nains juchés l'un sur l'autre. Chaque fois que la porte s'ouvre, il se produit un tourbillon qui fait s'envoler les mouches. On peut voir alors sur un mur une glace dont le coin supérieur gauche porte, écrits à la craie, les scores des matchs du 6 mars 1958.

21 h. 10 L'averse m'a transpercé jusqu'aux os et je commande un verre de vin rouge pour me réchauffer. J'essaye d'attraper un amuse-gueule avec un cure-dent, mais, à ma grande surprise, les amuse-gueules s'enfuient en courant le long du comptoir.

21 h. 30 Pour me distraire, j'écoute la conversation des clients. Le langage des êtres humains, sans décodage, est laborieux et puéril. Pour eux, une phrase élémentaire comme celle-ci :

109328745108y34-19 «poe8vhqa9enf087qjnrf-
09 aqsdnfñ9q8w3r4v21dfkf=q3wy oiqwe=q3u
1o9=85349 1926rn1nfp24851ir09348413k8449
f385j9t830t82=34ut t2egu-34851mfkfg-2311
fgklwhgq0i2ui34756=13ir2487-2349r20i
45u62-4852ut-34582-9238v43 597 4682=3t 984
589672394ut945467=2-3tugywoit=238tej93
46$7523 fiwub6-238984rohg-2343ijn87b8b7y
tgyt654376687by79

(donnez-moi neuf kilos de navets)

est incompréhensible. En conséquence de quoi ils parlent longuement et en criant, avec accompagnement de gestes et de grimaces horribles. Même ainsi, leurs possibilités d'expression sont extrêmement limitées, sauf sur le terrain du blasphème et des gros mots, et leurs discours grouillent d'amphibologies, d'anacoluthes et de polysémies.

21 h. 50 Tandis que je me livre à ces réflexions, le serveur me remplit mon verre et, le temps que je m'en rende compte, j'ai déjà un demi-litre de clairet dans le corps. J'entreprends l'analyse de la composition chimique du vin (cent six éléments, dont aucun n'est dérivé du raisin) mais, arrivé au trinitrotoluène, je décide d'abandonner mon investigation. Le serveur me remplit mon verre.

22 h. 00 J'éclate de rire sans raison, et le client qui est à côté de moi me demande *si je veux sa photo*. Je lui explique que ce n'est pas lui qui me fait rire mais une blague qui m'est passée tout

d'un coup par la tête sans que je sache pourquoi. Comme mon élocution est un peu confuse et que, surtout, j'oublie de décoder plusieurs phrases, tous les regards convergent sur moi.

22 h. 05 Un client (pas celui qui m'a proposé sa photo, mais un autre) me plante l'index de la main droite sur le nez et dit que j'ai une tête qui lui revient. Il a reconnu l'apparence (et la substance) du Saint Père sous laquelle je suis toujours, et il en conclut que je dois être quelqu'un de pieux, donc de toute confiance. Je lui réponds qu'il doit confondre, et, pour détourner son attention et celle des autres de ma personne, j'offre une tournée générale. Voyant que je ne regarde pas à la dépense, le serveur dit qu'il a des tripes à s'en lécher les babines et qui sortent tout juste de la cuisine. Je pose quelques billets (cinq millions de pesetas) sur le comptoir en lui disant d'apporter les tripes, et de ne pas s'en faire pour l'argent.

22 h. 12 Le client dévot dit qu'il n'en est pas question, que j'ai déjà payé la tournée et que les tripes sont à mettre sur son compte. Il ajoute qu'il ne manquerait plus que ça. J'insiste : c'est moi qui ai eu l'idée des tripes, et donc c'est à moi de les payer.

22 h. 17 Une femme (également cliente), qui vient de finir sa deuxième bouteille d'anisette,

intervient pour nous proposer d'arrêter la discussion. Elle plonge la main dans son corsage et la ressort pleine de billets sales et froissés qu'elle lance sur le comptoir. Un autre client croit qu'il s'agit des tripes et en mange quatre d'un coup. La femme affirme que c'est elle qui invite. Le client pieux réplique qu'il ne se laissera jamais inviter par une femme. Il explique qu'il a des (ici un mot incompréhensible) dans son pantalon.

22 h. 24 Comme, dans tout ça, les tripes n'arrivent pas, je les réclame en tapant sur le comptoir avec un cendrier. Je casse le cendrier et j'ébrèche le marbre du comptoir. Le garçon sert à boire. Un client qui jusque-là était resté muet dit qu'il va nous régaler de quelques chants flamencos. Il chante avec beaucoup de sentiment la chanson intitulée 1092387nqfp983j41093 (*Güerve a mi lao, sorra*, « Reviens près de moi, salope ») et nous frappons tous dans nos mains en criant olé ! olé ! (7v5, 7v5). Le client religieux dit que grâce à la musique la mémoire lui est enfin revenue et qu'il sait maintenant qui je suis : le Grand Inquisiteur.

22 h. 41 (approximativement) Le client chanteur ouvre tellement la bouche pour exprimer sa peine que son dentier tombe dans le bocal aux boulettes farcies. Au moment où il plonge la main pour le récupérer, le serveur lui assène un coup de boule de fromage sur la tête et lui dit que ça suffit

comme ça, qu'il lui a déjà piqué huit boulettes farcies cette semaine avec le truc du dentier, mais qu'il n'est pas un (incompréhensible) et qu'il les a comptabilisées. Le chanteur admonesté réplique qu'il n'a pas besoin de voler des boulettes dans une porcherie pareille, qu'il a été le *roi du flamenco* à Paris et qu'il a toujours une table qui l'attend chez Maxim's. Pour toute réponse, le garçon sert à boire.

23 h. 00 ou 24 h.00 Le quidam qui m'a proposé sa photo porte à notre connaissance qu'il aurait pu être quelqu'un, car il n'a jamais manqué d'idées ni d'audace pour les mettre en œuvre, mais que trois choses se sont conjurées pour lui barrer la voie du succès, à savoir : *a)* la malchance, *b)* son penchant pour le vin, le jeu et les femmes, et *c)* la haine que lui vouent certains puissants personnages qu'il préfère ne pas nommer. La grosse truie qui a sorti son pognon de ses têtasses bondit et dit que tout ça c'est des *boniments*, que les vraies raisons pour lesquelles le type est ce qu'il est sont : *a)* la paresse, *b)* la paresse, et *c)* la paresse, et qu'elle en a par-dessus la tête d'écouter tous ces mensonges et toutes ces inventions.

? Les tripes arrivent enfin de la cuisine en marchant toutes seules. La grognasse dit qu'elle est la seule ici qui puisse se glorifier de quelque chose, car elle a été une gonzesse *explosive*, et la preuve c'est que dans son quartier on l'appelait *la bombe de l'Oklahoma.* Elle ajoute que si, pour l'heure, nous la voyons un peu défraîchie, ce n'est pas à cause de l'âge mais pour d'autres raisons, à savoir : *a)* son amour immodéré des haricots secs, *b)* les dérouillées que lui ont filées les hommes, et *c)* l'opération de chirurgie esthétique passablement ratée qu'a pratiquée sur elle certain médecin des assurances dont elle préfère ne pas mentionner le nom. Sur quoi elle fond en larmes. Je lui dis de ne pas pleurer, que pour moi elle est la femme la plus belle et la plus attirante que j'aie jamais vue, que je me marierais volontiers avec elle, mais que je ne peux pas parce que je suis un extraterrestre et que je suis seulement de passage sur la route d'autres galaxies, ce à quoi elle me répond qu'ils disent tous la même chose. Le mec à la photo dit qu'elle arrête de faire la (incompréhensible) et qu'elle la ferme. Elle réplique (excellemment) que personne ne l'a jamais fait taire, pas même sa (incompréhensible) de mère, et que ce n'est pas un (incompréhensible) de fils de pute comme lui qui va commencer, et qu'elle dit toujours tout ce qu'elle a sur la patate, et qu'il aille se faire voir. Sur quoi je fonce sur le type qui l'a insultée, je lui balance en pleine gueule un (inintelligible), à moins que ce ne soit sur un autre mais je m'en fous, et j'informe toute la compagnie que je ne laisserai personne manquer de respect à ma fiancée.

Nuit noire. Le type qui a encaissé se relève, me cueille par les oreilles et me fait tournoyer en l'air comme un ventilateur. Profitant de l'incident, le chanteur se fourre une poignée de boulettes farcies dans la bouche. Le serveur lui envoie une poêle dans l'estomac et l'oblige à restituer les boulettes (ou une matière similaire) à leur récipient d'origine. Entre la police nationale en brandissant des matraques. Je parviens à arracher la matraque des mains d'un policier national et à en frapper l'autre policier national à moins que ce ne soit le même policier national. Les choses semblent se compliquer. Je décide de me désintégrer mais je m'embrouille dans la formule et je désintègre deux kiosques sur le trottoir du Moll de la Fusta. Nous sommes conduits au commissariat.

Le 13

8 h. 00 Je suis amené en présence du commissaire. Le commissaire me notifie que mes compagnons de goguette ont fait leur déposition pendant que je *cuvais ma cuite*, et que toutes les déclarations s'accordent pour me désigner comme l'unique élément perturbateur. Leur innocence ainsi démontrée, ils ont été mis en liberté. En ce moment, ils doivent être de nouveau dans la taverne et m'avoir oublié. Je ressens une telle sensation de désarroi que, sans l'avoir ni souhaité ni voulu, je me métamorphose en prenant l'apparence du torero Paquirrín. Le commissaire m'admoneste puis donne l'ordre de me renvoyer à l'air libre. Quelle honte, et quel mal au crâne !

8 h. 45 Retour au vaisseau. Pas de message sur le répondeur. Recharge en énergie, pyjama.

13 h. 00 Je viens de me réveiller et je me sens beaucoup mieux. Petit déjeuner frugal. Je ne mangerai pas de la journée. Je lis d'un trait *Bécassine*

en vacances, *Bécassine au collège* et *Bécassine fait ses débuts dans le monde*.

15 h. 00 Panne de lumière. Il y a quelque chose de détraqué dans les générateurs du vaisseau. Je vais dans la salle des machines pour essayer de localiser l'avarie. Je pousse des boutons et manœuvre des leviers pour voir si je peux arranger les choses, ce qui serait un pur hasard car je n'entends rien à la mécanique. C'est Gurb qui se charge du fonctionnement et, à l'occasion, des réparations de ce genre de saloperies. Dans la cursive, je découvre plusieurs fuites d'eau, que je consigne sur une feuille à part.

16 h. 00 J'ai dû toucher quelque chose qu'il ne fallait pas, car une puanteur insupportable se répand dans tout le vaisseau. Je sors et je m'aperçois que j'ai inversé par erreur la marche d'une turbine. Au lieu d'expulser l'énergie résultant de la désintégration du cadmium et du plutonium, celle-ci est en train de pomper les égouts du village.

16 h. 10 J'adopte l'apparence (et les qualités) de l'amiral Yamamoto et j'essaye d'écoper le vaisseau avec un seau.

16 h. 15 Je renonce.

16 h. 17 J'abandonne le vaisseau. Pour le cas où Gurb reviendrait en mon absence, je laisse

une note glissée dans la fente de la porte : Gurb, j'ai été obligé de quitter le navire (dans l'honneur) ; si tu reviens, laisse un mot au café du village (M. Joaquín ou Mme Mercedes) pour dire où on peut te trouver.

16 h. 40 Je me présente au café du village. Je dis à Mme Mercedes (M. Joaquín fait la sieste) de bien vouloir, si quelqu'un *sous n'importe quelle apparence* ou même sous aucune apparence se présente pour me demander, prendre son message. Je repasserai aux nouvelles. Impossible de faire davantage.

17 h. 23 Je me rends en ville par un transport public appelé Chemins de Fer de la Generalitat. À la différence des autres êtres vivants (par exemple le scarabée du chou) qui se déplacent toujours de la même manière, les êtres humains utilisent une grande variété de modes de locomotion, lesquels rivalisent de lenteur, d'absence de confort et de puanteur, encore que sur ce dernier point les taxis et les pieds semblent battre tous les records. Le métro est le moyen préféré des fumeurs ; l'autobus celui des personnes, en général d'un âge avancé, qui aiment faire des exercices d'équilibre. Pour des distances plus grandes, il existe ce qu'on appelle des *avions*, sortes d'autobus qui se déplacent en expulsant l'air de leurs pneus. Ils atteignent ainsi les couches basses de l'atmosphère où ils se maintiennent par la médiation du saint

dont le nom figure sur le fuselage (sainte Thérèse d'Ávila, saint Ignace de Loyola, etc.). Durant les voyages prolongés, les passagers de l'avion se distraient en exhibant leurs chaussettes.

18 h. 30 Je dois chercher un endroit pour passer la nuit, car rien ne me garantit qu'il ne va pas retomber des cataractes comme hier. Ou de la grêle. D'ailleurs, même si le ciel demeure dégagé, mon expérience des rues de la ville m'indique qu'il est déconseillé à tout point de vue d'y demeurer plus longtemps que le strict nécessaire.

19 h. 30 Cela fait une heure que je cours les hôtels. Il n'y a pas une chambre de libre car, d'après ce qu'on m'a expliqué, a lieu en ce moment le Symposium du Poivron Farci dans la Cuisine Moderne, auquel participent des experts venus du monde entier.

20 h. 30 Une deuxième heure de recherches et une certaine pratique du pourboire m'ont permis d'obtenir une chambre avec salle de bains et vue sur un chantier de travaux publics assez importants. En s'aidant d'un mégaphone, le réceptionniste m'assure que les travaux de percement et de déblaiement s'arrêteront pour la nuit.

21 h. 30 Dans un endroit voisin de l'hôtel je commande et j'ingère un hamburger. C'est un conglomérat de particules provenant de divers animaux.

Une analyse sommaire me permet de reconnaître le bœuf, l'âne, le dromadaire (à une et à deux bosses), l'éléphant (d'Afrique et d'Asie), le mandrill, le gnou et la baleine à spermaceti. J'y trouve aussi, pour un pourcentage moins important, des taons et des libellules, une demi-raquette de badminton, deux boulons, du bouchon et du gravier. J'arrose mon repas d'une grande bouteille de Zumifot.

22 h. 20 Je fais un tour avant de rentrer à l'hôtel. La nuit est tiède et parfumée. Température, 21 degrés centigrades ; humidité relative, 63 % ; brise légère ; état de la mer, calme. J'entre dans le bar de l'hôtel en quête de compagnie. Je n'y trouve que le barman qui se gargarise dans le shaker. Je demande la clef et vais me coucher.

22 h. 30 Je me mets en pyjama. Je regarde un moment la télévision locale.

22 h. 50 Je me couche. Je lis les mémoires de Don Soponcio Velludo, *Quarante Ans au cadastre d'Albacete*.

24 h. 00 Les travaux du chantier s'arrêtent. Je fais mes prières et j'éteins la lumière. Toujours sans nouvelles de Gurb.

2 h. 27 Le minibar explose sans raison apparente. Je passe une demi-heure à ramasser les bouteilles.

3 h. 01 À la suite des travaux effectués sur la voie publique, une fuite de gaz s'est déclarée. Les clients de l'hôtel sont évacués par l'escalier de secours.

4 h. 00 La fuite est réparée et nous regagnons nos chambres respectives.

4 h. 53 Un incendie éclate dans les cuisines. Les clients de l'hôtel sont évacués par l'escalier principal, car l'escalier de secours est envahi par les flammes.

5 h. 19 Le corps des pompiers arrive. En un tournemain, l'incendie est maîtrisé. Nous regagnons nos chambres respectives.

6 h. 00 Les excavatrices se mettent en marche.

6 h. 05 Je règle la note de l'hôtel et je libère la chambre. Elle est immédiatement occupée par un représentant en produits alimentaires qui a passé la nuit dehors. Il me raconte que la société qui l'emploie a réussi à produire des poulets *sans os*, très appréciés dans les assiettes mais un peu dégingandés dans la vie courante.

Le 14

7 h. 00 Je me matérialise dans le café de M. Joaquín et de Mme Mercedes au moment où celle-ci est en train de lever le rideau de fer. Je l'aide à descendre les chaises que M. Joaquín a posées le soir précédent sur les tables afin de permettre le ménage de l'établissement. Elle me dit que personne ne m'a demandé. Je lui recommande de garder l'œil ouvert. Elle me fait une tortilla aux aubergines (celle que je préfère), que je mange avec deux tranches de pain à la tomate et une bière, tout en jetant un regard sur la presse matinale. Il paraît que la sélection qui doit jouer en Italie a été arrêtée : Zubizarreta, Chendo, Alkorta, Sanchis, Rafa Paz, Villarroya, Michel Martín, Vásquez, Roberto, Salinas, Butragueño, Bakero, une fine équipe ! Je lis attentivement les annonces pour voir si je peux louer un appartement. Ça n'est pas de la tarte. Mieux vaut acheter.

9 h. 30 Je me présente dans une agence immobilière. Pour donner une impression favorable,

j'ai adopté l'apparence du duc *et* de la duchesse de Kent. Je suis conduit dans un salon où plusieurs personnes attendent leur tour.

9 h. 50 Je lis dans *Hola!* un long reportage sur le mariage d'un certain Baudouin avec une certaine Fabiola. Je m'aperçois qu'il s'agit d'un numéro ancien.

10 h. 00 Une demoiselle entre dans le salon et nous divise en trois groupes : *a)* ceux qui veulent acheter un appartement pour *l'habiter*, *b)* ceux qui veulent acheter un appartement pour blanchir de l'argent, et *c)* ceux qui veulent acheter un appartement dans la Cité Olympique. Un couple avec bébé et moi formons le groupe *a*.

10 h. 15 Le groupe *a* est conduit dans un bureau meublé avec sobriété. Nous y trouvons un monsieur à barbe blanche dont l'apparence respire l'honnêteté. Il nous explique que la conjoncture est difficile, qu'il y a plus de demande que d'offre et vice versa, et que nous ne devons pas nous faire d'illusions. Il nous recommande avec insistance de renoncer au fallacieux binôme qualité-prix. Il nous rappelle que cette vie n'est qu'une vallée de larmes de haut standing. Au milieu de son sermon, il perd sa barbe qui tombe dans la corbeille à papier.

11 h. 25 Je visite l'appartement que je viens d'acheter. Il n'est pas mal. La cuisine et la salle

de bains restent à faire, mais ça ne me dérange pas, car je ne sais pas cuisiner et je ne prends *jamais* de bains. Je constate avec joie que la chambre à coucher est équipée d'un vaste placard encastré. J'entre dans le placard et celui-ci se met en marche. Désillusion : c'est l'ascenseur de l'immeuble.

14 h. 50 Je me fais délivrer le certificat de conformité, je m'abonne à l'eau, au gaz, à l'électricité et au téléphone, je souscris une assurance contre l'incendie et le vol, je paie la taxe foncière.

16 h. 30 J'achète un lit et un canapé transformable (pour les invités), un salon complet, un buffet, une table et des chaises. Température, 21 degrés ; humidité relative, 60 % ; vents faibles ; état de la mer, peu agitée.

17 h. 58 J'achète des couverts et de la vaisselle.

18 h. 20 J'achète une robe de chambre et des pantoufles.

19 h. 00 J'achète un aspirateur, un four à micro-ondes, un fer à vapeur, une Cocotte-minute, un grille-pain, une friteuse, un séchoir à cheveux.

19 h. 30 J'achète du détergent, de l'adoucissant, de l'encaustique, du lave-vitres, un balai, une serpillière, des torchons, une peau de chamois.

20 h. 30 Je m'installe chez moi. Je me fais monter une pizza et une bouteille de Zumifot, modèle familial. Je me mets en pyjama.

21 h. 30 Je décide (exceptionnellement) de ne pas respecter ma liste de lectures, et je me mets au lit avec un roman policier écrit par une Anglaise qui jouit d'une grande réputation chez les êtres humains. L'argument du roman est d'une extrême simplicité. Un individu que, pour simplifier, nous appellerons A est trouvé mort dans la bibliothèque. Un autre individu, B, essaye de deviner qui a tué A et pourquoi. Après une série d'opérations dénuées de toute logique (il aurait suffi d'appliquer la formule $3(\times 2 - r)\, n \pm 0$ pour résoudre tout de suite le problème), B affirme (à tort) que l'assassin est C. Sur quoi le livre s'achève à la satisfaction générale, y compris celle de C. Je ne sais pas ce qu'est un *majordome*.

1 h. 30 Je fais mes prières et me dispose à dormir. Toujours sans nouvelles de Gurb.

4 h. 17 Je me réveille et n'arrive pas à retrouver le sommeil. Je me lève et parcours mon nouvel appartement. Il manque quelque chose, mais je ne sais pas ce que c'est.

5 h. 40 Vaincu par la fatigue, je me rendors sans avoir résolu l'énigme qui me tourmente.

6 h. 11 Je me réveille en sursaut. Je sais maintenant ce qu'il me faut pour que cet appartement soit vraiment un foyer. Mais comment rencontrerai-je une jeune femme qui soit disposée à partager ma vie ?

Le 15

7 h. 00 J'aide Mme Mercedes à lever son rideau de fer et à mettre la machine à café en route. M. Joaquín ronfle à poings fermés. Mme Mercedes l'injurie. Elle fait valoir la différence qui existe entre M. Joaquín, qu'elle qualifie de *tire-au-flanc*, et un homme comme moi, matinal, travailleur et bien élevé. Je lui demande si, à son avis, j'aurais du mal à trouver une petite amie. Elle me demande si mes intentions sont sérieuses ou si je veux seulement me donner du bon temps. Je proteste de mon sérieux. Elle me dit que dans ce cas je risque d'être submergé par les prétendantes. Elle assure qu'il importe surtout de ne pas agir avec précipitation. Pour changer de sujet, je lui demande si elle a reçu un message pour moi et elle me répond affirmativement. Mon cœur bat plus fort. Seraient-ce des nouvelles de Gurb ?

9 h. 15 Mme Mercedes m'apporte ma tortilla aux aubergines et mon demi, ainsi qu'un message chiffré. Déception : celui-ci n'est pas de Gurb,

mais de la Commission Suprême des Recherches Spatiales, transmis par la Station de Liaison AF dans la Constellation d'Antarès. Je décide de remettre sa lecture à plus tard pour manger ma tortilla et boire ma bière tranquille.

9 h. 30 Je rote.

9 h. 35 Je m'enferme dans les toilettes des hommes pour déchiffrer le message sans être dérangé.

9 h. 55 Le décodage du message présente quelques difficultés. Un client pressé tambourine sur la porte.

10 h. 40 Message déchiffré. La Commission Suprême veut savoir pourquoi l'entraîneur Luisito Suárez n'a pas sélectionné Luis Milla. Impossible de répondre sans l'appareil adéquat, lequel est resté dans le vaisseau.

11 h. 00 Je rentre chez moi en métro. Pendant le trajet, j'observe les jeunes femmes qui montent et qui descendent. En choisir une ne va pas être si facile, vu que ça implique de renoncer aux autres et que mes goûts sont très éclectiques.

13 h. 00 Je décide de consacrer l'après-midi à étudier la question.

15 h. 00 À des fins de méthodologie, je décide de classer les difficultés en trois groupes ou catégories : *a)* difficultés biologiques, *b)* difficultés psychologiques, *c)* difficultés pratiques. Elles m'apparaissent toutes également insolubles.

15 h. 30 Quelques précisions utiles : l'organe de reproduction des êtres humains se divise en deux parties, appelées respectivement chambre haute et chambre basse. Cette dernière possède un appendice ou pédoncule baptisé de divers noms, tous également ineptes.

17 h. 05 Je descends acheter au kiosque le calendrier de *Playboy*. Je remonte en courant, le calendrier caché sous ma veste.

17 h. 15 Je m'interroge sur l'anatomie des dames dont les photos figurent dans le calendrier de *Playboy* : leur permet-elle de supporter une pression de quatre-vingt-dix mille atmosphères ?

19 h. 00 Je consacre une bonne partie de la soirée à me documenter sur certains aspects spécifiques du problème. Question : quand un homme doit-il respecter une femme ? Réponse : lorsqu'il ne peut mettre en doute ses qualités morales, sa condition sociale, la décence de sa mise et son hygiène intime. Dans les autres cas, le recours à la violence est laissé à l'appréciation de chacun. Autres détails dont je dois me souvenir : quand

doit-on et quand ne doit-on *pas* envoyer des fleurs à un enterrement ? Le tutoiement est-il licite ? Le chapeau, les gants, la canne ? Devant le bénitier : un moment délicat. Sandwichs, canapés et petits fours. Que de conventions !

20 h. 00 J'essaye diverses apparences devant la glace. Avec les femmes, il faut *leur en mettre plein la vue*, la première impression est déterminante. Manuel Orantes, Alain Delon, Giorgio Armani, Eisenhower.

20 h. 30 Je décide de sortir faire un tour pour m'éclaircir un peu les idées. Température, 18 degrés centigrades ; humidité relative, 65 % ; brise modérée ; état de la mer, calme.

20 h. 55 Peu de villes sur la Terre peuvent s'enorgueillir d'offrir la variété culturelle de Barcelone. Malheureusement, l'horaire des spectacles ne coïncide pas toujours avec la disponibilité des habitants. C'est ainsi par exemple que l'orque Ulysse n'officie que le matin ; et il en est de même pour tout. Par chance, ma promenade m'a conduit sur les Ramblas au moment où le spectacle du Liceo est sur le point de commencer.

23 h. 30 Le Liceo est certainement la *première* salle d'Espagne et l'une des meilleures d'Europe. Elle souffre néanmoins d'une crise financière chronique qui se répercute souvent sur la qualité des

spectacles musicaux que l'on y donne. Ce soir, justement, le programme informe que l'orchestre et les chœurs n'ont pu jouer pour cause de désaccord sur les cachets. La chorale de machinistes qui les remplace a fait ce qu'il était humainement possible, mais *Boris Godounov* s'en est trouvé un peu handicapé.

24 h. 00 Je rentre chez moi. Toujours sans nouvelles de Gurb. Pyjama, dents, petit Jésus, et dodo.

Le 16

7 h. 00 J'aide M. Joaquín à lever le rideau de fer et à ranger les chaises. Je dispose sur le comptoir les serviettes en papier et des cylindres translucides pleins de pailles que l'on peut prendre sans effort par un orifice pratiqué sur la partie supérieure du récipient. Tout en travaillant, je m'enquiers de Mme Mercedes en m'étonnant de ne pas la voir à son poste. M. Joaquín m'informe que son épouse, alias Mme Mercedes, a passé une nuit *de chien* et qu'elle s'est rendue dès le lever du jour au dispensaire. Il craint qu'on ne lui trouve encore une fois un *caillou*. Je formule des vœux pour un prompt et total rétablissement. Aujourd'hui, en guise de tortilla aux aubergines, *ceinture* : pain à la tomate. J'interroge : un message pour moi ? Non, aucun message pour moi.

9 h. 00 Je feuillette la presse et la commente avec la clientèle qui arrive. Préoccupation générale pour l'affaire des villages rivaux Salou et Vilaseca. Est-ce qu'ils finiront par se mettre d'accord ? Ou est-ce que

les Américains iront installer leur parc d'attraction ailleurs ? Un client d'un certain âge évoque sombrement le célèbre corridor de Dantzig et ce qui s'en est suivi. Un autre exprime l'idée que l'existence même des armes nucléaires rend une conflagration impensable, même si l'attitude des deux municipalités est lourde d'animosité. Autre opinion : l'homme est un loup pour l'homme. Une autre encore : guerre des nerfs. Quelques expressions utiles : orfèvre en la matière, roupie de sansonnet; l'*isa* est un genre de chansons des îles Canaries.

9 h. 10 Mme Mercedes arrive en taxi, pâle mais souriante. Il faut attendre les radiographies qu'elle devra aller faire demain, mais le diagnostic est optimiste : il ne s'agit peut-être que d'un petit *calcul.* Elle veut faire la vaisselle, mais nous le lui défendons. Ce qu'il lui faut c'est du repos, du repos et encore du repos. Je mets le tablier et je lave les assiettes, les tasses et les verres. J'en casse deux.

10 h. 00 Je rentre à Barcelone. Vraiment, les filles qui prennent le métro sont *à croquer*. Je suis sur le point d'adresser la parole à plusieurs, mais je me retiens. Je ne veux pas qu'elles me prennent pour un *dragueur*.

11 h. 00 Je visite les chantiers du Stade Olympique, du Palais National, de la Deuxième Ceinture. Je détecte un certain malaise dans quelques secteurs de l'opinion car, à ce qu'on dit, le coût

dépassera largement le budget prévu. Les recettes ne couvriront pas les frais. Les êtres humains n'ont pas appris à introduire le facteur temps dans leurs opérations arithmétiques, ce qui fait qu'ils disent ensuite que celles-ci ne servent à rien. Il leur serait pourtant facile de corriger l'erreur, s'ils en avaient conscience. Mais, en l'état actuel des choses, ils sont incapables de comprendre un problème élémentaire comme celui-ci : si une poire vaut 3 pesetas, combien vaudront trois poires en l'an 3628 ? Solution : 987365409587635294736489 pesetas. De toute manière, dans le cas du chantier olympique, ça n'a aucun intérêt, car avant l'an 2000 les Banques centrales auront abandonné l'étalon or et l'auront remplacé par le chocolat Elgorriaga sous ses trois formes : au lait, extra-noir et aux noisettes.

15 h. 00 Friture de poissons à la Barceloneta. Tarte au whisky, café, petit verre et cognac Farias. Ensuite, à la maison. Alka-Seltzer.

19 h. 30 Je me réveille à temps de ma sieste pour voir la demi-finale de basket sur TV 2. Le Barça joue mal, trop nerveux, mais il finit par gagner les autres d'un cheveu dans la dernière minute. Action de grâce. Température, 22 degrés centigrades ; ciel dégagé ; vents faibles de secteur sud ; état de la mer, calme.

23 h. 00 Je sors faire la tournée des bars, pour tâter le terrain. Si une occasion se présente, je ne

la laisserai pas échapper. Auparavant, j'adopte l'apparence du matador Frascuelo II. Si elles veulent de la corrida, elles en auront.

23 h. 30 Verre au bar à la mode, dans le quartier de Bonanova ; prix FAD de la décoration intérieure. Peu de femmes, et accompagnées.

24 h. 00 Verre au bar à la mode, dans l'Ensanche ; prix FAD de la décoration intérieure. Pas mal de femmes ; toutes accompagnées.

0 h. 30 Verre au bar à la mode, à Raval ; prix FAD de la décoration intérieure *(ex aequo)*. Beaucoup de femmes ; toutes accompagnées.

1 h. 00 Verre au bar à la mode, au Pueblo Nuevo ; prix FAD de la rénovation des espaces urbains. Aucune femme : je crois que je me suis trompé d'endroit.

1 h. 30 Verre au bar à la mode, à Sants ; finaliste du prix FAD de décoration intérieure. Des femmes seules, mais mauvais genre.

2 h. 00 Verre au bar à la mode, à l'Hospitalet ; pas de prix. Beaucoup de femmes seules. Ambiance effervescente. Orchestre. Je monte sur l'estrade, je prends le micro et je chante. Les paroles de la chanson sont de moi. Je les ai composées spécialement pour l'occasion. Les voici :

Vas-y, mec
Vas-y, mec
Vas-y, mec
Vas-y, mec
Vas-y, mec
Vas-y, mec
(refrain :)
Vas-y, mec
Vas-y, mec (etc.)

J'ai l'impression que ça plaît et je répète ma chanson plusieurs fois. Des individus baraqués montent sur l'estrade et m'invitent à vider les lieux. Comme j'ai déjà eu droit à deux rencontres avec la police en une semaine, je décide d'accepter leur invitation.

4 h. 21 Je vomis sur le terre-plein de la place Urquinaona.

4 h. 26 Je vomis sur le terre-plein de la place de Catalogne.

4 h. 32 Je vomis sur le terre-plein de la place de l'Université.

4 h. 40 Je vomis dans le passage souterrain du carrefour Muntaner-Aragón.

4 h. 50 J'arrête un taxi. Je lui dis de me ramener chez moi. Je vomis dans le taxi.

Le 17

11 h. 30 Je me réveille dans mon lit. Je ne sais pas comment je suis arrivé jusqu'ici. Je suis encore vêtu de *l'habit de lumière*, j'ai seulement perdu la coiffe, l'épée et une oreille que le public m'avait accordée, si je me souviens bien. J'essaye de me lever, mais sans succès. Mieux vaut ne pas parler de l'état de ma tête. Je décide de rester au lit pour faire *la grasse matinée*. De toute manière, c'est aujourd'hui dimanche, et le café de Mme Mercedes et de M. Joaquín est fermé. Toujours sans nouvelles de Gurb.

14 h. 00 Je m'habille pour aller me promener. Le temps est doux et il y a peu de monde dehors. Beaucoup de familles sont parties passer le weekend à la campagne, dans leur *résidence secondaire*. Tout est fermé à double tour : les magasins, bien sûr, mais aussi les cafés et les *restaurants*. Pour moi, *ceinture*. D'ailleurs, dans l'état où se trouve mon estomac, je serais incapable d'avaler quoi que ce soit.

14 h. 20 Je trouve une boutique d'articles de sport ouverte; elle ne vend rien en semaine, et c'est probablement la raison pour laquelle elle ouvre le dimanche pour louer des bicyclettes. Je loue une bicyclette. Il s'agit d'un appareil dont la conception est très simple mais le maniement extrêmement compliqué, car il exige l'usage simultané des *deux* jambes, à la différence de la marche à pied qui permet de laisser une jambe au repos pendant que l'on avance l'autre. C'est ce mouvement ou fraction de mouvement (comme on veut), que l'on appelle *marcher*. Si l'on procède en allant placer le pied gauche à la droite du pied droit et, au mouvement (ou fraction de mouvement) suivant, en allant placer le pied droit à la gauche du pied gauche, cela s'appelle alors *marcher avec grâce*.

15 h. 00 Comme la rue offre une pente accentuée, le parcours à bicyclette se subdivise en deux parties bien distinctes, à savoir : *a)* la descente, *b)* la montée. La première partie (la descente) est un plaisir; la seconde (la montée) est une torture. Par chance, la bicyclette porte un frein de chaque côté du guidon. Quand on actionne les freins dans la descente, ils empêchent la bicyclette d'acquérir une vitesse croissante ou accélération. Dans la montée, les freins empêchent la bicyclette de partir en arrière.

17 h. 30 Je rends la bicyclette. L'exercice m'a ouvert l'appétit. Je trouve une boutique ouverte et je mange un kilo de beignets, un kilo et demi de pets-de-nonne et trois kilos de babas au rhum.

18 h. 00 Je m'assieds sur un banc pour digérer. La circulation, jusqu'à maintenant inexistante, s'intensifie. La raison en est que tout le monde rentre de la campagne en même temps. Il se produit aux accès de la ville des *bouchons* qui deviennent souvent d'*importants bouchons*. Certains de ces bouchons, et particulièrement les *importants bouchons*, durent jusqu'à la fin de la semaine, de sorte qu'il y a des personnes malchanceuses (et des familles entières) qui passent leur vie à aller du bouchon à la campagne et de la campagne au bouchon sans jamais arriver à rejoindre la ville où elles vivent, avec tout ce que cela implique de conséquences désastreuses pour l'économie familiale et l'éducation des enfants.

La densité de la circulation est un des problèmes les plus graves de la ville, et qui préoccupe le plus le maire, plus communément appelé Maragall. Celui-ci ne perd pas une occasion de recommander, à titre de substitution, l'usage de la bicyclette, et les journaux ont publié à plusieurs reprises sa photo monté sur cet engin, encore que, pour être tout à fait véridique, on ne l'ait jamais vu nulle part en cet équipage. Peut-être les gens se serviraient-ils davantage de bicyclettes si la ville était plus plate, mais c'est un problème insoluble car elle est déjà entièrement construite comme cela. Une autre solution serait que la municipalité mette des bicyclettes à la disposition des passants dans la partie haute de la ville, ce qui leur permettrait de se laisser glisser très rapidement jusqu'au centre, presque sans pédaler. Une fois au centre, la même municipalité (ou, en son lieu et place, une entreprise concessionnaire) se chargerait de mettre les bicyclettes sur des camions et de les renvoyer dans la partie haute. Ce système serait relativement peu coûteux. Il suffirait seulement de disposer un filet ou des matelas dans la partie basse de la ville pour empêcher que les moins expérimentés ou les plus distraits ne tombent dans la mer en fin de descente. Il est vrai qu'il resterait à régler la manière dont les gens ainsi rendus au centre remonteraient vers la partie haute, mais ce détail ne devrait pas préoccuper outre mesure la municipalité, car il n'entre pas dans les attributions de celle-ci (ni d'aucune autre institution) de se substituer à l'initiative des citoyens. Autre invention utile : un produit chimique et un dispositif de mise à feu qui permettraient d'allumer les cigares rien qu'en en tournant la bague. Température, 21 degrés centigrades ; humidité relative, 75 % ; brises modérées ; état de la mer, calme.

19 h. 10 Retour à la maison. Devant la porte de la rue, je rencontre la voisine de l'escalier 1, premier étage, avec son enfant. Ils ont laissé la voiture en double file pour décharger des sacs et des

paquets. L'enfant, trop petit pour l'aider, contemple le trottoir en se curant le nez. La voisine est vêtue d'un short et d'un chemisier ajusté : effet garanti.

19 h. 15 Après avoir lorgné un moment la voisine en me cachant derrière un arbre, j'ai honte et je lui propose mon aide pour le déchargement et le transport des sacs et des paquets. Elle refuse mon offre. Elle m'explique que c'est chaque semaine le même *bazar* et qu'elle y est habituée. J'insiste, et elle m'autorise à me charger d'un sac plein de saucissons. Je lui demande si elle les a fabriqués elle-même. Réponse : non, elle les a achetés dans un petit village voisin de La Bisbal, où elle a une maison. Question : et pourquoi ne les mangez-vous pas sur place ? Réponse : je ne comprends pas la question.

19 h. 25 Le déchargement et le transport des sacs et des paquets de la voiture à l'ascenseur étant terminé, nous montons *dans* l'ascenseur. J'en profite pour calculer les mensurations physiques de ma voisine. Taille de ma voisine (debout), 173 centimètres ; dimension du poil le plus long (zone occipitale), 47 centimètres ; du plus court (zone de la lèvre supérieure), 0,002 centimètre ; distance du coude à l'ongle (du pouce), 0,40 centimètre ; distance du coude gauche au coude droit, 36 centimètres (bras au corps), 126 centimètres (mains aux hanches).

19 h. 26 Nous sortons les sacs et les paquets *de* l'ascenseur et nous les déposons sur le palier du troisième étage. Ma voisine me remercie pour mon aide et ajoute qu'elle m'inviterait bien à entrer, mais que l'enfant est épuisé. Il faut lui donner son bain, le faire dîner et le mettre au lit tout de suite, car demain il va à l'école. Je lui dis que je ne veux en aucun cas la déranger et que, de toute manière, nous aurons l'occasion de nous revoir, puisque nous habitons le même immeuble. Ma voisine répond qu'elle le savait, car la concierge lui a parlé de moi. L'a-t-elle mise au courant de mes mœurs dévergondées ?

20 h. 00 Retardé par la voisine, je cours pour arriver à temps à la messe de huit heures. Long sermon, mais très intéressant. Ne faites pas confiance à ceux qui vous trompent ; faites plutôt confiance à ceux qui ne vous trompent *pas*.

21 h. 30 J'arrive à la boutique de beignets au moment de la fermeture. Je prends tout ce qui reste.

22 h. 00 Je mange ce que j'ai rapporté en regardant la télévision. Décidément, ma voisine me plaît. On cherche parfois bien loin ce que l'on a tout près. C'est une chose qui arrive souvent aux astronautes.

23 h. 00 Pyjama, dents. Et si j'achetais une moto ?

23 h. 15 Je lis *Un demi-siècle d'art capillaire espagnol*, tome I, *La République et la Guerre civile*.

0 h. 30 Je fais mes prières. Toujours sans nouvelles de Gurb.

Le 18

7 h. 00 Je me présente au café de Mme Mercedes et de M. Joaquín et je les trouve tous les deux, c'est-à-dire Mme Mercedes et M. Joaquín, en train de *baisser* le rideau de fer. À quoi est due cette altération de l'ordre établi ? Ou plutôt : à quoi est due cette inversion de l'ordre établi ? Explication : Mme Mercedes a passé de nouveau la nuit avec un chien, et M. Joaquín l'emmène au dispensaire pour la faire examiner. Voilà pourquoi il faut fermer l'établissement, chose qui conduit M. Joaquín à *froncer les sourcils*. Je leur propose de me charger du café jusqu'à leur retour. M. Joaquín et Mme Mercedes refusent. Ils ne veulent pas me causer de tracas. Je les persuade que ça ne me cause aucun tracas ; bien au contraire.

7 h. 12 Après m'avoir montré sommairement le fonctionnement des appareils les plus courants, M. Joaquín et Mme Mercedes montent dans une Seat Ibiza et s'en vont.

7 h. 19 Je parcours l'établissement en passant en revue le matériel. Je crois que je saurai faire fonctionner tous les appareils, sauf l'un d'eux, très compliqué, dénommé robinet, qui sert à débiter la bière sous pression.

7 h. 21 Je mets en marche la machine à café, afin que les clients n'aient pas attendre que l'eau soit chaude.

7 h. 40 Je prépare des sandwichs dans le même but, mais je les mange au fur et à mesure.

7 h. 56 Je découvre un cafard sur le comptoir. J'essaye de l'écraser avec un jambon d'York, mais il prend la fuite et se cache dans un interstice entre le comptoir et l'évier. De sa cachette, il me nargue avec ses antennes. Attends un peu, tu vas voir. Doses massives d'insecticide Cucal.

8 h. 05 Impossible de trouver les demis pour la bière. Je bois en appliquant mes lèvres au tuyau. L'écume me sort par tous les pores. Je ressemble à un mouton angora.

8 h. 20 Entrée du premier client. Mon Dieu, faites qu'il commande quelque chose de facile.

8 h. 21 Le premier client s'adresse à moi pour me souhaiter une bonne journée. Je lui réponds en des termes identiques. Mentalement, je donne

des instructions à la machine à café, au réfrigérateur et aux croissants pour qu'ils lui souhaitent également une bonne journée. Le premier client paraît agréablement surpris de cet assaut d'amabilité.

8 h. 24 Le premier client commande un café au lait. Je m'aperçois avec horreur que la machine à café n'a pas chauffé. Peut-être souffre-t-elle d'un défaut de fabrication, ou bien est-ce moi qui ai oublié d'actionner un bouton ou une manette. Devant la perspective de voir le premier client partir sans avoir obtenu sa consommation, je décide de me planter la prise de la machine à café dans les fosses nasales et d'y faire passer une partie de ma charge énergétique. La machine à café fond, mais il en sort un café très parfumé.

8 h. 35 Je sers son café au lait au premier client. Mes nerfs craquent et j'en renverse la moitié. Le fil électrique me pend encore du nez et je me rends compte (trop tard) que j'ai mis du Cucal à la place de lait dans le café. Température, 21 degrés centigrades ; vents faibles de nord-est ; état de la mer, légèrement agitée.

11 h. 25 M. Joaquín revient, juste au moment où j'essaye de décoller du plafond une omelette de vingt-deux œufs. Avant même qu'il ait pu constater les dégâts, je lui dis que je remplacerai, à mes frais, la machine à café, le réfrigérateur,

le lave-vaisselle, la télévision, les lampes et les chaises. Pour le réconforter, je lui annonce qu'il y a eu beaucoup de clients. La caisse qu'il a laissée vide en partant contient maintenant huit pesetas. Je n'ai peut-être pas bien rendu la monnaie. Contrairement à ce que je craignais, M. Joaquín réagit avec indifférence, comme si tout ce que je lui raconte ne l'intéressait pas. Il n'a même pas l'air surpris de me retrouver au plafond *sans* échelle. Je me rends compte qu'il est revenu au café sans Mme Mercedes. Je l'interroge sur ce qui s'est passé.

11 h. 35 M. Joaquín *fronce les sourcils* et me dit que Mme Mercedes a été hospitalisée : elle doit être opérée demain sans faute. Il semble que certaines complications soient apparues, exigeant une intervention urgente. Tandis qu'il me fait ce récit, nous fermons le café.

11 h. 55 Je rentre en ville par le métro. Bien que toutes les filles qui se trouvent dans le métro soient extrêmement appétissantes, je ne les regarde pas, car j'ai le cœur serré.

12 h. 20 En attendant l'heure du déjeuner, j'ai le temps d'inspecter divers chantiers en cours dans les quartiers du centre. Il semble que la mode soit aux constructions vers le bas plutôt qu'aux constructions vers le haut. Des immeubles de cinq à dix étages au-dessus du niveau de la

rue comptent facilement de dix à quinze étages souterrains, presque toujours destinés à ranger les voitures ou les gens.

Il faut encore préciser à ce sujet que, dans des temps très anciens dont les archives de la Terre n'ont conservé aucun souvenir, toutes les demeures étaient souterraines. Les hommes primitifs qui les bâtissaient imitaient en cela les animaux constructeurs, comme la taupe, le lapin, le blaireau, le canard (de l'époque) et le boa (dit *constrictor*), et comme aucun des animaux susmentionnés ne savait poser une brique sur l'autre, les hommes, qui n'avaient pas d'autre professeur que la Nature, ne savaient pas non plus le faire. À cette époque, il existait des villes entières qui n'affleuraient pas d'un pouce au-dessus du sol. Au-dessous, on trouvait les maisons, les rues, les places, les théâtres et les temples. L'archicélèbre Babylone (pas celle dont il est question dans les chroniques et les livres d'histoire, mais celle qui l'a précédée, située non loin de l'endroit où se trouve l'actuelle Zurich) était totalement souterraine, y compris ses fameux jardins suspendus, conçus et réalisés par un architecte et horticulteur du nom d'Abundo Greenthumb (déifié par la suite) qui était parvenu à faire pousser les arbres et les plantes *à l'envers*.

14 h. 00 J'arrive à l'endroit où se trouvait la boutique de beignets pour découvrir qu'elle a disparu. Je suis déconcerté. Je m'enquiers ici et là. Il

en résulte que la boutique de beignets est en réalité une remorque aménagée en boutique de beignets. L'une des parois latérales s'abat grâce à des charnières et se transforme en comptoir. Derrière ce panneau, à l'intérieur de la remorque, se trouve la boutique proprement dite. Ce système permet à son propriétaire de s'installer (avec l'autorisation municipale correspondante) là où les perspectives commerciales lui semblent les plus prometteuses. C'est ainsi que les jours ouvrables, à la première heure, on le rencontre dans la partie haute du quartier de Bonanova où se trouve la plus forte concentration de collégiens et où il peut compter sur une clientèle fidèle d'élèves, d'accompagnateurs d'élèves et de professeurs ; à d'autres heures de la journée, il se déplace, par exemple, devant la porte de la Prison Modèle, où il a pour acheteurs les avocats venus visiter leurs clients, les familles de ces clients, les gardiens de ces mêmes clients et même certains de ces clients qui ont réussi à s'évader, ou bien devant la porte des urgences de l'Hôpital Clinique (personnel sanitaire, blessés sans gravité et malades *légers* qui aspirent à devenir des malades *graves*), ou encore face aux Arènes Monumentales (touristes et banderilleros), au *Palau de la Musica Catalana* (membres de l'Orchestre de la Ville de Barcelone, section vents), et ainsi de suite.

15 h. 00 Je rentre chez moi. Sur la porte de l'ascenseur, un écriteau annonce : EN DÉRANGEMENT.

Il concerne probablement l'ascenseur. Je décide de monter à pied.

15 h. 02 Je m'arrête en passant devant la porte de ma voisine. J'entends des voix à l'intérieur. Je démonte la sonnette, je m'introduis le fil électrique dans les oreilles et j'écoute. C'est elle ! Il semble que son enfant fasse des difficultés pour ingérer une assiette de légumes. Elle insiste en lui disant que s'il ne mange pas il ne grandira pas et ne sera jamais fort comme Superman ; comme si ces arguments n'étaient pas suffisants, elle ajoute que s'il n'a pas fini son chou-fleur dans les cinq minutes qui viennent elle lui cassera les dents avec le tabouret de la cuisine. J'ai honte de m'immiscer ainsi dans l'intimité de son foyer, je laisse les fils pendre et je continue à monter l'escalier.

15 h. 15 Je mange les dix kilos de beignets que j'ai achetés. Je les trouve tellement bons qu'après avoir avalé le dernier je mange aussi le papier huilé qui les enveloppait.

16 h. 00 Allongé sur le lit et le regard fixé au plafond dont pendent des araignées grosses comme des melons, je pense à ma voisine. J'ai beau me creuser la cervelle (que je n'ai pas), je n'arrive pas à trouver la manière adéquate de l'aborder. Frapper à sa porte et l'inviter à dîner ne me paraît ni prudent ni opportun. Il faudrait peut-être faire précéder l'invitation d'un cadeau.

En aucun cas je ne dois envoyer d'argent, mais si, malgré tout, je me décide à le faire, les billets de banque sont préférables à des pièces de monnaie. Les bijoux supposent une relation plus avancée. Un parfum est un cadeau délicat, mais trop personnel : on risque de ne pas connaître les goûts de la personne à qui l'on désire faire un cadeau. Laxatifs, émulsifs, suppositoires, vermifuges, anti-inflammatoires et autres produits pharmaceutiques sont à exclure. Il est très probable qu'elle aime les fleurs et les animaux domestiques. Je pourrais lui envoyer une rose et deux douzaines de dobermans.

17 h. 20 Je suis pris de peur à l'idée que la voisine puisse prendre mon cadeau, quel qu'il soit, pour de la *fatuité*. J'essaye d'exterminer les araignées avec du Cucal.

17 h. 45 J'ai besoin de vêtements. Je sors. J'achète des bermudas. Ils me donneraient une allure assez dégagée si je pouvais ôter le caleçon de flanelle qui en dépasse, mais la vérité est que je ne peux m'en passer, car, malgré la température presque estivale et même légèrement en hausse, mon métabolisme a du mal à s'adapter au corps humain. J'ai constamment les pieds glacés, de même que les mollets et les cuisses ; en revanche, mes genoux sont bouillants, comme l'une de mes fesses (mais pas l'autre), et ainsi de suite. Le pire, c'est la tête, probablement à cause de l'intense

activité intellectuelle à laquelle je la soumets continuellement. Sa température dépasse les 150 degrés centigrades. Pour combattre cette chaleur, je porte toujours un chapeau haut de forme dont je remplis sans arrêt la coiffe de cubes de glace que j'achète aux pompes à essence, mais, hélas, ce n'est qu'un remède passager. La glace se liquéfie tout de suite, l'eau bout et le chapeau se soulève avec une telle force qu'au début il s'envolait (depuis, j'ai perfectionné le système en attachant le bord du chapeau au col de la chemise avec un solide élastique). J'ai également fait l'acquisition de trois chemises à manches courtes (bleu de cobalt, jaune, grenat), de mocassins en peau de buffle pour marcher *sans* chaussettes et d'un maillot de bain à fleurs dont on m'a assuré qu'il ferait de moi la *coqueluche* de toutes les piscines. Que Dieu les entende.

19 h. 00 De retour chez moi, je regarde la télévision en réfléchissant. J'ourdis un plan qui me permettra d'entrer en relations avec ma voisine sans éveiller *ses* soupçons à propos de *mes* intentions. Je m'entraîne devant la glace.

20 h. 30 Je vais chez ma voisine, je frappe doucement à sa porte, ma voisine m'ouvre en personne. Je m'excuse de l'importuner à cette heure et je dis (mais c'est un mensonge) qu'en faisant la cuisine je me suis aperçu que je n'avais pas un grain de *riz*. Aurait-elle l'amabilité de me prêter

une tasse de *riz*, que je lui rendrai sans faute dès que le magasin Mercabarna sera ouvert (demain matin à cinq heures) ? Il ne m'en faut pas davantage. Elle me donne la tasse de *riz* et me dit qu'il est inutile de lui rapporter le *riz*, ni demain ni plus tard, et que les voisins sont là pour s'entraider. Je la remercie. Nous nous disons au revoir. Elle ferme la porte. Je monte en courant chez moi et je jette le *riz* dans la poubelle. Le plan marche encore mieux que je ne l'avais prévu.

20 h. 35 Je frappe de nouveau à la porte de ma voisine. Elle m'ouvre en personne. Je lui demande deux cuillerées d'huile.

20 h. 39 Je frappe de nouveau à la porte de ma voisine. Elle m'ouvre en personne. Je lui demande une tête d'ail.

20 h. 42 Je frappe de nouveau à la porte de ma voisine. Elle m'ouvre en personne. Je lui demande quatre tomates pelées, sans pépins.

20 h. 44 Je frappe de nouveau à la porte de ma voisine. Elle m'ouvre en personne. Je lui demande du sel, du poivre, du persil, du safran.

20 h. 46 Je frappe de nouveau à la porte de ma voisine. Elle m'ouvre en personne. Je lui demande deux cents grammes d'artichauts (déjà bouillis), des petits pois et des haricots mange-tout.

20 h. 47 Je frappe de nouveau à la porte de ma voisine. Elle m'ouvre en personne. Je lui demande une livre de crevettes épluchées, cent grammes de fromage râpé, deux cents grammes de moules vivantes. Elle me donne deux mille pesetas et me dit d'aller manger au restaurant et de la laisser tranquille.

21 h. 00 Je suis tellement déprimé que je n'ai même pas la force de manger les douze kilos de beignets que je me suis fait monter par un livreur. Sels de fruits Eno, pyjama et dents. Avant de me coucher, je chante les litanies à gorge déployée. Toujours sans nouvelles de Gurb.

Le 19

7 h. 00 Cela fait aujourd'hui une semaine (système décimal) que Gurb a disparu, et cette constatation sur le calendrier, s'ajoutant à mes derniers revers de fortune, achève de me démoraliser. Pour combattre la dépression, je mange les beignets laissés cette nuit et je sors *sans* me laver les dents.

8 h. 00 Je me rends à la cathédrale avec l'intention d'offrir un cierge à sainte Rita pour que Gurb revienne, mais je trébuche en m'approchant de l'autel et le cierge met le feu à la nappe qui le recouvre. Le sinistre est aisément maîtrisé, mais pas avant que deux oies du cloître n'y périssent, dûment rôties. Mauvais présage.

8 h. 40 En sortant de la cathédrale, j'entre dans un café et je prends mon petit déjeuner (les beignets ne comptent pas) : tortilla au thon, deux œufs sur le plat avec du boudin, du lard fumé et des bigorneaux. Comme boisson, de la bière (un fût). Cette collation devrait me remonter le moral

mais, bien au contraire, sa déglutition réactive le souvenir de Mme Mercedes, qui doit être en ce moment sur la table d'opération. Je fais le vœu de monter à Montserrat à pied (sans me désintégrer) si elle guérit.

9 h. 00 Je descends les Ramblas, j'entre dans des rues latérales. Dans cette partie de la ville, les gens sont de toutes les couleurs, et leur seule vue suffirait à faire comprendre que Barcelone est un port de mer, même s'il ne l'était pas. Ici convergent les races du monde entier (et même d'autres mondes, si je m'inclus dans le compte), ici se mêlent et se démêlent les destins les plus divers. C'est le limon de l'Histoire qui, en se déposant, a formé ce quartier et l'alimente constamment en nouveaux habitants, dont l'un, soit dit en passant, vient de me barboter mon portefeuille.

9 h. 50 Je poursuis ma promenade et les réflexions auxquelles elle m'incite. Afin de passer inaperçu, je décide d'adopter une constitution physique de race noire (mais avec la physionomie et les formes de Luciano Pavarotti), majoritaire dans la zone. De tous les êtres humains, ceux qu'on appelle les noirs (parce qu'ils le sont) semblent les mieux dotés : plus grands, plus forts et plus agiles que les blancs, et aussi bêtes qu'eux. Pourtant les blancs ne les tiennent pas en grande estime, peut-être parce que le subconscient collectif garde encore le souvenir d'un temps où les noirs étaient

la race dominante et les blancs la race dominée. La richesse de l'empire noir venait de la culture des arbres fruitiers, dont la récolte était presque intégralement exportée dans le reste du monde. Comme les autres races se livraient exclusivement à la chasse, car elles ignoraient l'agriculture et même la pêche, leur régime alimentaire était très nocif et elles avaient désespérément besoin de fruits pour réduire leur taux de cholestérol. L'opulence de l'empire noir a duré tout le temps qu'a duré la culture intensive des oranges, des poires, des pêches et des abricots. Sa décadence a débuté avec l'empereur Balthazar II, grand-père de l'autre Balthazar, celui qui a fait le voyage de Bethléem en compagnie de Melchior et de Gaspar. Balthazar II, surnommé l'Idiot, a fait arracher tous les arbres fruitiers de l'empire pour consacrer la terre arable à la production de la myrrhe, article qui, alors comme aujourd'hui, avait peu de débouchés à l'exportation.

11 h. 00 J'arrive sur une place formée par la démolition de plusieurs pâtés de maisons. Au centre se dresse un palmier raide comme un plumeau et velu comme un singe. Une foule de petits vieux se dessèchent au soleil, en attendant que leur famille vienne les reprendre. Les pauvres ne savent pas que pour beaucoup d'entre eux personne ne viendra jamais, car leurs familles sont parties faire une croisière dans les fjords norvégiens. On peut encore voir sur certains bancs les petits vieux abandonnés

l'été précédent, en état avancé de momification, et les petits vieux abandonnés il y a quinze jours, guère plus brillants. Je m'assieds à côté d'un de ces derniers et je lis le supplément littéraire d'un journal de Madrid que quelqu'un a abandonné sur le banc dans l'espoir que, comme pour les petits vieux, personne ne viendra le reprendre.

12 h. 00 La place est envahie par des bandes d'enfants qui viennent de sortir du collège. Ils jouent au cerceau, au diabolo et à colin-maillard. Leur vue me rend encore plus triste. Sur ma planète, ce qu'on appelle ici l'enfance n'existe pas. À la naissance on introduit dans nos organes de cogitation la dose nécessaire (et autorisée) de réflexion, d'intelligence et d'expérience ; moyennant un supplément, on introduit aussi une encyclopédie, un atlas, un calendrier perpétuel, un nombre illimité de recettes de cuisine et le guide Michelin (vert et rouge) de notre planète bien-aimée. Quand nous atteignons l'âge de la majorité, et après examen, on nous introduit le code de la route, les arrêtés municipaux et une sélection des meilleurs jugements du tribunal constitutionnel. Mais l'enfance, ce qu'on appelle l'enfance, nous est inconnue. Là-bas, chacun vit la vie qui lui est dévolue (et rien de plus) sans se la compliquer ni compliquer celle d'autrui. En revanche, à l'image des insectes, les êtres humains passent, s'ils en ont le temps, par trois phases ou étapes de développement. Ceux de la première étape sont désignés sous le nom

d'enfants ; ceux de la deuxième, de travailleurs, et ceux de la troisième, de retraités. Les enfants font ce qu'on leur commande ; les travailleurs aussi, mais ils sont rétribués pour ça ; les retraités reçoivent également des émoluments, mais on leur interdit de rien faire, car leurs mains ne sont pas sûres et ils laissent tout tomber, sauf leur canne et leur journal. Les enfants ne servent pas à grand-chose. Autrefois, on les utilisait pour extraire le charbon des mines, mais le progrès a mis fin à cet emploi. Aujourd'hui, on les voit à la télévision, au milieu de l'après-midi, sauter, vociférer et parler un jargon absurde. Chez les être humains, comme chez nous, il existe aussi une quatrième étape ou condition, qui est celle dite du cadavre, mais mieux vaut ne pas en parler.

14 h. 00 La contemplation des enfants et des vieux, ainsi que la réflexion sur ma propre existence, m'ont déprimé. Je verse des larmes abondantes. Ma nature humaine étant ce qu'elle est, c'est-à-dire, comme je l'ai déjà indiqué, faite de bric et de broc, je ne dispose pas de glandes suffisantes pour renouveler tout ce que j'expulse, et il en résulte que les pleurs, la transpiration, auxquels vient s'ajouter un petit caca qui m'a échappé, ont fini par réduire considérablement ma stature. Je mesure maintenant tout juste quarante centimètres. Je saute du banc et je cours entre les jambes des passants jusqu'à un porche sûr et discret pour me reconstituer.

14 h. 30 Je décide d'adopter l'apparence de Manuel Vásquez Montalbán et je vais déjeuner à la Casa Leopoldo.

16 h. 30 Retour chez moi. J'appelle le café de Mme Mercedes et de M. Joaquín pour demander à M. Joaquín comment s'est passée l'opération de Mme Mercedes. Je tombe sur un individu qui dit être un ami de M. Joaquín qui le remplace au café pendant que M. Joaquín remplit l'office (non rétribué) d'accompagnateur de Mme Mercedes à l'hôpital où elle a été opérée ce matin. Je le remercie pour le renseignement et je raccroche.

16 h. 33 J'appelle de nouveau le café et je demande à l'individu qui remplit l'office de M. Joaquín (au café) si l'opération s'est bien passée. Oui. L'opération s'est bien passée et le résultat en a été qualifié de satisfaisant par les praticiens. Je le remercie pour le renseignement et je raccroche.

16 h. 36 J'appelle de nouveau le café et je demande à l'individu qui remplit l'office de M. Joaquín (au café) si l'on peut rendre visite à Mme Mercedes dans l'hôpital où elle est soignée. Oui. À partir de demain, de dix à treize heures et de seize à vingt heures. Je le remercie pour le renseignement et je raccroche.

16 h. 39 J'appelle de nouveau le café et je demande à l'individu qui remplit l'office de M. Joaquín (au café) dans quel hôpital se trouve Mme Mercedes. À l'hôpital de Santa Tecla, dans le quartier de Horta. Je le remercie pour le renseignement et je raccroche.

16 h. 42 J'appelle de nouveau le café et je demande à l'individu qui remplit l'office de M. Joaquín (au café) si on peut se rendre à bicyclette à l'hôpital de Santa Tecla. Il raccroche avant que j'aie le temps de le remercier pour le renseignement, et même avant d'avoir eu le temps de me le donner. Température, 26 degrés centigrades ; humidité relative, 74 % ; vents faibles ; état de la mer, calme.

17 h. 00 Je fais une petite sieste sur le canapé, mais la chaleur m'accable et ma chemise me colle au corps. Le fait que le canapé soit tapissé de matière plastique et que le contenu de ses coussins soit également en matière plastique, de même que ses montants et ses pieds, comme d'ailleurs tout le mobilier et tous les objets de mon logis, aggrave encore les choses. L'autre solution, celle qui consisterait à ne recourir qu'à des matières d'origine végétale comme le bois et le coton, voire *animale*, comme la laine et le cuir, me cause un tel dégoût que le seul fait d'y penser me donne des nausées. Je m'introduis une chaussure dans la gorge pour ne pas avoir à restituer une nourriture exquise et dûment payée.

17 h. 10 La chaleur m'empêchant de dormir, je décide d'adopter l'apparence du Mahatma Gandhi, dont l'habillement succinct est de circonstance, le parapluie étant en outre bienvenu en cette époque de l'année.

17 h. 50 Sommeil agité. Mes soubresauts me réveillent, couvert de sueur. J'éprouve la nécessité impérieuse de manger des beignets ou, à défaut, de voir ma voisine.

18 h. 00 J'ouvre discrètement la porte de mon appartement. Je scrute l'escalier. Personne. Je sors sur la pointe des pieds. Je ferme discrètement la porte de mon appartement.

18 h. 01 Je descends discrètement l'escalier. Personne ne m'a vu. Je m'arrête discrètement devant la porte de ma voisine.

18 h. 02 J'applique discrètement mes deux oreilles à la porte de la voisine. Aucun bruit.

18 h. 03 J'examine discrètement la serrure de la porte de ma voisine. Heureusement, il s'agit d'une serrure dite de sécurité absolue (il n'y a rien à faire avec les serrures normales) et je n'ai aucun problème pour la démonter. La porte s'ouvre discrètement. Quelle émotion !

18 h. 04 Je pénètre discrètement dans l'appartement de ma voisine. Je ferme la porte derrière moi et je remets la serrure en place. L'entrée est meublée avec simplicité mais bon goût. Je laisse discrètement le parapluie dans le porte-parapluies.

18 h. 05 Je passe discrètement dans la pièce suivante qui, selon mes déductions, fait fonction de salle de séjour. Il est d'ailleurs possible que ce soit *effectivement* la salle de séjour. Bien que cet appartement soit le même que le mien, la distribution des pièces est complètement différente, ce qui est logique puisque mes habitudes et mes besoins sont également différents. Mieux vaut ne pas entrer dans les détails.

18 h. 07 J'examine discrètement le salon. Il est meublé avec un goût exquis. Je m'assieds sur le canapé, je croise les jambes : il est élégant et confortable. Je m'assieds dans un fauteuil en cuir, je croise les jambes : il est élégant et confortable. Je m'assieds dans un fauteuil tapissé de laine. Avant que j'aie pu croiser les jambes, le fauteuil me mord le mollet. Erreur d'appréciation : ce n'était pas un fauteuil mais un gros chien qui dormait roulé en boule.

18 h. 09 Je parcours à vive allure le reste de l'appartement poursuivi par le gros chien. Je décide d'abandonner toute discrétion.

18 h. 14 Je parviens à me mettre à l'abri de la gueule du gros chien en grimpant au plafond. Le gros chien reste dessous, en attendant que je tombe. Il aboie d'une manière grossière et, ce faisant, il exhibe des crocs grands comme un régime de bananes. Chez un fauteuil, ça ferait déjà peur. Alors chez un gros chien !

19 h. 15 Ça fait une heure que je suis collé au plafond, et le chien ne donne aucun signe de fatigue ou d'ennui. J'ai essayé de l'hypnotiser, mais son cerveau est tellement simple qu'il fait à peine la différence entre l'état de veille et la léthargie. J'ai seulement réussi, à grand-peine, à le faire loucher, ce qui lui a fait perdre son expression sanguinaire mais l'a rendu atrocement laid.

20 h. 15 Ça fait deux heures que je suis collé au plafond, et ce salopard ne bouge toujours pas. Il finira bien par se fatiguer et par aller dormir, mais l'éventualité que ma voisine puisse revenir et trouver un hindou collé à son plafond m'inquiète.

20 h. 30 Une analyse physiologique du chien me révèle qu'il s'agit d'un animal doté d'une structure moléculaire très simple. Je tiens peut-être la solution du problème.

20 h. 32 Ça y est. Une brève manipulation élémentaire transforme le gros chien en quatre pékinois et, comme il me reste de la matière, un hamster. Je

descends du plafond et je m'éloigne en tapinois des pékinois pendant que le hamster passe un mauvais quart d'heure.

20 h. 40 Je dois me presser, si je veux encore inspecter l'appartement de ma voisine avant son retour. Ou le retour de son fils. Il est étrange que celui-ci ne soit pas déjà rentré du collège. Sa bêtise lui a peut-être valu une punition.

21 h. 00 Inspection terminée. Voici les informations que j'ai pu réunir sur ma voisine : nom, Antonio Fernández Calvo ; âge, 56 ans ; sexe, masculin ; état civil, veuf ; profession, agent d'assurances.

21 h. 05 J'en déduis que je me suis trompé d'étage. Je sors discrètement, je remets la serrure à sa place, je regagne discrètement mon appartement.

21 h. 30 Plus déprimé que jamais. Même la perspective des beignets que l'on vient de me livrer ne me remonte pas le moral. Je décide de faire une partie d'échecs en solitaire. Je ne trouve qu'un seul coup : P4R. Il est vrai que je n'ai jamais été très doué pour ce genre de jeux. Gurb, en revanche, était un amateur averti. Nous avons parfois joué des parties d'échecs interminables, auxquelles il mettait toujours fin en me faisant ce qu'il appelait *le coup du berger*. Je me laisse aller

à la nostalgie, tout en mangeant les beignets cinq par cinq.

22 h. 00 Je me mets en pyjama. Un de ces jours, je le laverai. Je me couche et je lis *Une ravissante idiote*, comédie satirique en trois actes et cinq tableaux. Une femme parvient toujours à ses fins, pour peu qu'elle sache se mettre du rouge *où il faut*. Je n'ai peut-être pas très bien compris l'histoire. Les émotions du jour m'ont rendu un peu distrait. Je récite mes prières et je m'endors. Toujours sans nouvelles de Gurb.

1 h. 30 Je suis réveillé par un bruit épouvantable. Il y a de cela des millions d'années (ou plus) la Terre a pris sa configuration actuelle en subissant des cataclysmes monstrueux : les océans envahissaient les côtes et engloutissaient des îles, tandis que des pics gigantesques s'écroulaient et que des volcans en éruption engendraient de nouvelles montagnes ; des séismes déplaçaient des continents. Pour rappeler ce phénomène, la municipalité envoie chaque nuit des appareils appelés bennes à ordures reproduire cette ambiance tellurique sous les fenêtres de ses administrés. Je me lève, je fais pipi, je bois un verre d'eau et je retourne au lit.

Le 20

7 h. 00 Je me pèse sur la balance de la salle de bains : 3 kilos, 800 grammes. Si on tient compte du fait que je suis pure intelligence, c'est une abomination. Je décide de faire de l'exercice tous les matins.

7 h. 30 Je sors, dans l'intention de courir six milles. Demain j'en courrai sept. Après-demain huit, et ainsi de suite.

7 h. 32 Je passe devant une boulangerie. J'achète une tarte aux pignons et je la mange en rentrant chez moi. Je laisse la course à d'autres.

7 h. 35 En entrant dans l'immeuble, je rencontre la concierge qui nettoie le hall. J'entame avec la concierge une conversation apparemment anodine, mais lourde, en ce qui me concerne, d'intentions inavouables. Nous parlons du temps. Nous le trouvons un peu chaud.

7 h. 40 Nous parlons des difficultés de circulation. Nous déplorons fermement le vacarme que font les motos.

7 h. 50 Nous parlons de la vie scandaleusement chère. Nous comparons les prix d'aujourd'hui avec ceux d'autrefois.

8 h. 10 Nous parlons de la jeunesse. Nous condamnons son absence d'enthousiasme en toute chose.

8 h. 25 Nous parlons de la drogue. Nous réclamons la peine de mort pour celui qui la vend et pour celui qui l'achète.

8 h. 50 Nous parlons des habitants de l'immeuble (je brûle ! je brûle !).

9 h. 00 Nous parlons de Leibniz, du nouveau système de la nature et de la communication des substances (froid ! froid !).

9 h. 30 Nous parlons de ma voisine (il était foutrement temps !). La concierge dit qu'elle (ma voisine) est une personne comme il faut, qui paye religieusement à la communauté ses charges trimestrielles, mais qu'elle (ma voisine) n'assiste pas aux réunions de copropriétaires avec l'assiduité voulue. Je lui demande si elle (ma voisine) est mariée, et elle (la concierge) me répond que non.

Je lui demande si je dois en déduire qu'elle (ma voisine) a eu son enfant en dehors des liens du mariage. Non, elle (ma voisine) a été mariée avec un *type* qui, selon elle (la concierge), est un bon à rien et dont elle (ma voisine) s'est séparée il y a deux ou trois ans. Il (le *type*) prend l'enfant (celui de ma voisine et aussi du *type*) pour les week-ends. Le juge l'a condamné (le *type*) à lui verser (à ma voisine) une pension mensuelle, mais elle (la concierge) pense qu'il (le *type*) ne le fait pas, ou du moins pas avec la régularité nécessaire. Elle (la concierge) ajoute qu'elle (ma voisine) n'a pas d'ami, du moins à sa connaissance, ni même de compagnons occasionnels. Elle (ma voisine) a certainement été échaudée, pense-t-elle (la concierge). Encore qu'au fond ça ne soit pas ses oignons (à la concierge). Pour elle (la concierge), chacun agit comme bon lui semble, l'essentiel c'est d'être discret. Elle (ma voisine) est libre de faire ce qu'elle veut. Tant que ça se passe chez elle (chez ma voisine), bien sûr. Et sans bruit. D'ailleurs, à onze heures, elle (la concierge) va se coucher. Je lui arrache son balai et je le lui casse sur la tête.

10 h. 30 Je monte chez moi. Je décide d'adopter l'apparence de d'Alembert et d'aller rendre visite à Mme Mercedes à l'hôpital où elle se remet, si Dieu le veut, de l'opération qu'elle a subie.

10 h. 50 Je me présente à l'hôpital. C'est une construction assez laide et peu accueillante.

Pourtant, les gens y viennent en foule et certains semblent même pressés d'y entrer.

10 h. 52 Au comptoir d'information qui se trouve dans le hall, je demande où résident Mme Mercedes et son accompagnateur, M. Joaquín. Ils sont tous deux dans la chambre 602.

10 h. 55 Je parcours le sixième étage à la recherche de la chambre 602.

10 h. 59 Je frappe à la porte de la chambre 602 et la voix de M. Joaquín m'autorise à entrer. J'obtempère.

11 h. 00 Mme Mercedes est couchée, mais elle est éveillée et a bon aspect. Je m'informe de sa santé et elle me répond qu'elle se sent faible mais qu'elle a bon moral. Ce matin elle a bu une tasse de camomille. Je lui donne le cadeau que je lui ai apporté : un train électrique. Je lui dis que si elle est toujours en vie demain je lui apporterai l'aiguillage et le passage à niveau.

11 h. 07 M. Joaquín, qui a passé une mauvaise nuit, est abattu. Il affirme que lui et son épouse, Mme Mercedes, sont arrivés à un âge où l'on a *besoin de calme*. Il dit que la maladie de Mme Mercedes constitue un avertissement. Il dit qu'il a réfléchi pendant la nuit, et qu'il est arrivé à la conclusion qu'ils devraient peut-être consacrer

les années qui leur restent à se reposer, à voyager et à prendre un peu de bon temps. Il ajoute qu'il a également pensé que l'heure était peut-être venue de céder le café. Il dit que l'affaire est prospère, mais qu'elle demande beaucoup d'efforts cérébraux et nécessite une personne jeune pour la mener (l'affaire). Il ajoute qu'il a pensé que le café pouvait m'intéresser. M. Joaquín a cru remarquer que j'étais doué pour la limonade et que le travail me plaisait.

11 h. 10 Malgré son état de faiblesse, Mme Mercedes affirme être d'accord avec ce que vient de dire son mari. Tous deux souhaitent savoir ce que j'en pense.

11 h. 12 Ma première réaction est favorable. Je considère que j'ai la compétence requise pour tenir un café et je crois même que je pourrais apporter à ce commerce quelques idées novatrices, voire audacieuses. Par exemple, je suis convaincu qu'on pourrait agrandir le local en achetant l'édifice voisin (l'usine Volkswagen) pour y installer un débit de beignets. M. Joaquín m'interrompt pour dire qu'il ne faut pas m'emballer. Il dit qu'il s'agissait seulement d'une idée. Il ajoute qu'il faut la laisser mûrir. Il conclut que, pour l'heure, il vaut mieux que je m'en aille, car l'opération de Mme Mercedes a été un *coup dur* pour Mme Mercedes. Elle doit se reposer. Je m'en vais, non sans leur avoir promis de revenir demain pour approfondir la question.

11 h. 30 Je déambule dans l'hôpital, perdu dans mes pensées et bientôt perdu tout court. La proposition de M. Joaquín m'a plongé dans un *abîme de confusion*. Passé mon premier enthousiasme, et en soupesant l'affaire plus froidement, je comprends que ma réaction a été trop optimiste. Il est évident que *je ne peux pas* me charger du café. L'éventualité de louer ou d'acheter un café aux fins d'exploitation (lucrative) ne figure pas sur l'ordre de mission détaillé qui nous a été remis au départ de notre mission spéciale. Certes, il n'y a pas non plus d'interdiction précise à ce sujet. Il faudrait en référer. Température, 26 degrés centigrades ; humidité relative, 70 % ; vents faibles du sud-est ; état de la mer, peu agitée.

12 h. 30 Je continue à déambuler dans l'hôpital sans trouver d'issue à mes problèmes. En revanche, je trouve la cafétéria de l'hôpital. Je décide de faire une halte et de manger quelque chose, bien qu'il soit un peu tôt. On pense toujours mieux quand on a l'estomac plein, disent ceux qui ont un estomac.

12 h. 31 La cafétéria est vide. Par chance, le comptoir est bien fourni et le système du self-service m'enchante, car il me permet de manger tout ce qui me plaît sans avoir à fournir d'explications. Et si j'ai envie de tremper les piments de Padrón dans le café au lait, moi ?

13 h. 00 Plus j'y réfléchis, plus l'idée de m'établir sur la Terre m'apparaît insensée. D'abord, cela impliquerait d'abandonner la mission qui nous a été assignée, à Gurb (disparu) et à moi. Ce serait une véritable *trahison*. L'argument, néanmoins, est de peu de poids car, en fin de compte, tout se ramène à une question de principes, et les principes, moi, je me les mets là où je pense, comme disent (faussement) les humains. Plus fort, en revanche, est l'argument physiologique. J'ignore combien de temps mon organisme peut résister aux conditions de vie de cette planète aux ressources si limitées. Je ne sais pas quel(s) genre(s) de dangers me menace(nt). Ni même si ma présence ici ne constitue pas un danger pour les humains. Il est patent que ma constitution particulière et la charge énergétique dont je suis porteur causent des problèmes partout où je vais. Ce n'est certainement pas un hasard si l'ascenseur de mon immeuble est toujours en dérangement, ou si les programmes de la télévision commencent toujours en retard quand je veux les regarder (ou les enregistrer). À l'instant même, en déambulant dans les couloirs de l'hôpital, j'ai entendu une conversation qui m'a alarmé. Un médecin disait à une infirmière, *les sourcils froncés*, que les appareils de l'hôpital *semblaient être devenus fous* ce matin. D'après ce que j'ai compris, les malades en attente dans le service de radiologie dansaient la lambada et l'écran du scanner montrait Luis Mariano en train de chanter *La*

Belle de Cadix. Ces phénomènes inexplicables, a ajouté le médecin aux *sourcils froncés*, ont commencé à 10 h. 50. Comme si à cette heure précise, a-t-il conclu, un *Martien* était entré dans l'hôpital. J'ai été vexé que quelqu'un puisse me confondre avec un de ces demeurés qui ne savent que jouer au golf et dire que le service est mal fait, mais je me suis bien gardé de manifester mon émoi.

Il me reste toujours la possibilité de modifier ma physiologie et de l'adapter à la structure moléculaire des êtres humains. Si je me résous à le faire, il faudra que je choisisse soigneusement mon modèle, car le processus sera irréversible. C'est une décision terrible. Que se passera-t-il si, ma mutation effectuée, je découvre que je ne suis pas heureux ? Qu'adviendra-t-il de moi si mon histoire avec la voisine ne dure que *ce que durent les roses* ? Serai-je capable de surmonter la nostalgie de ma patrie d'origine ? Quelle sera la conjoncture économique, passé l'année 1992 ? Cela fait trop d'inconnues. Si au moins j'avais quelqu'un à qui confier mes soucis !

13 h. 30 Je décide de quitter la cafétéria. Au moment où je veux payer ce que j'ai mangé, je découvre que la cafétéria n'était pas un self-service. D'ailleurs, l'endroit où j'ai mangé *n'est pas* une cafétéria. Je sors sans être vu.

14 h. 15 Je m'assieds pour réfléchir sur un banc de la place de Catalogne. Cela ne fait aucun doute

que la seule solution raisonnable serait de considérer ma mission comme terminée et de rentrer. Je ne sais pas si les objectifs de la mission sont remplis, mais quelle importance ? Au bout du compte, personne ne lira le rapport. Le vrai problème est que je ne peux pas rentrer *seul*. Le vaisseau est toujours en panne et je suis incapable de le réparer. D'ailleurs, même s'il se réparait tout seul, je ne saurais pas davantage le mettre en marche ; et encore moins le conduire. Ces vaisseaux sont faits pour être manœuvrés par *deux* personnes. On évite ainsi qu'un individu peu scrupuleux utilise les vaisseaux pour son propre compte, par exemple pour draguer, ou pour faire le taxi. Je pourrais demander de l'aide à la Station de Liaison AF dans la Constellation d'Antarès, mais ça ne me servirait pas à grand-chose. Car, même si on m'envoie un autre vaisseau, celui-ci sera manœuvré par deux personnes, et si l'un d'eux rentre avec moi, comment fera l'autre ?

15 h. 00 Je décide d'abandonner mes réflexions et la place de Catalogne, car les pigeons m'ont couvert d'excréments des pieds à la tête et les Japonais me prennent en photo en croyant que je suis un monument national.

15 h. 45 Chez moi. L'appartement est chaud, surtout à cette heure de la journée. J'installerais bien l'air conditionné, si les appareils ne produisaient pas une vibration qui me démolit les

articulations. Même chose avec le réfrigérateur : on croit qu'il est tranquille, et puis soudain, sans crier gare, il entre dans des transes qui me rendent fou. Hier, sans chercher plus loin, je me suis cassé le fémur en trois morceaux rien qu'en voulant actionner le programmateur. Encore heureux que j'aie des pièces de rechange. Le ventilateur est plus supportable mais, quand il marche, il me donne le mal de mer, car je ne peux pas quitter les ailes des yeux. Finalement, le mieux est encore de se passer d'appareils et de se déshabiller au fur et à mesure que la chaleur augmente. Je garde mon tricot de corps et mes chaussettes.

17 h. 00 Il n'existe pas, dans tout l'Univers, de camelote plus infecte et de travail plus bâclé que le corps humain. À elles seules les oreilles, collées au crâne n'importe comment, suffiraient à le disqualifier. Les pieds sont ridicules ; les tripes répugnantes. Réduites à l'état de squelette, toutes les têtes ont un rictus parfaitement déplacé. Les êtres humains n'en sont pas entièrement responsables. La vérité, c'est qu'ils n'ont pas eu de chance avec l'*évolution*.

18 h. 00 Je sors faire un tour. Les rues sont plus animées qu'à l'ordinaire car, avec l'arrivée de la chaleur, le bon citoyen s'empresse d'occuper sa place aux terrasses que les cafés installent entre les boîtes à ordures. Là, il s'assourdit, pollue et s'intoxique, puis il paye ce qu'il doit et rentre

chez lui. Encouragé par cet exemple, j'achète un cornet de glace. Comme c'est la première fois que je vois un tel produit, je commence par manger le cornet. Après quoi je ne sais plus que faire de la boule qui me reste dans les mains et se transforme en bouillie, je m'affole et je jette ce qui reste de la glace dans une poubelle.

18 h. 40 En rentrant de ma promenade, j'aperçois de loin ma voisine. Une rencontre véritablement providentielle. J'évite qu'elle ne me voit, pour des raisons de bonne éducation, mais je prends la ferme décision de régler *notre affaire* sur-le-champ. J'achète à la papeterie de quoi écrire et, au kiosque, des timbres. Température, 28 degrés centigrades ; humidité relative, 79 % ; vent, néant ; état de la mer, calme.

19 h. 00 Je m'enferme chez moi, je me lave les dents, et je dispose sur la table tout ce qu'il faut pour écrire une lettre : une rame de papier, un guide-main, un encrier, une plume et son porte-plume, un buvard, un stylo à bille (de secours), *Le Petit Larousse illustré*, un manuel de correspondance (amoureuse et commerciale), *Le Dictionnaire des citations*, *L'Anthologie de la poésie espagnole* de Saínz de Robles et le code typographique d'*El País*.

19 h. 45 « Adorable voisine,

Je suis jeune et d'aspect agréable, romantique et

affectueux. J'ai une bonne situation économique et je suis très sérieux pour les choses sérieuses (mais j'aime m'amuser). J'aime aussi (outre les beignets), voyager en métro, cirer les chaussures, faire du lèche-vitrines, cracher loin et les jolies femmes. Je déteste les légumes cuits sous toutes les formes, me laver les dents, écrire des cartes postales et écouter la radio. Je crois que je pourrais faire un bon mari (le cas échéant) et un bon père (j'ai beaucoup de patience avec les enfants). Veux-tu me connaître mieux ? Je t'attends à neuf heures et demie. Il y aura de quoi manger (gratuitement) et de quoi boire. Nous parlerons de ce que je viens de te dire et d'autres petites choses, hé ! hé ! R. S. V. P. Je t'attends avec impatience. »

19 h. 55 Je relis ce que j'ai écrit. Je déchire la lettre.

20 h. 55 « Aimable voisine,

Puisque nous vivons dans la même maison, j'ai pensé qu'il serait bon que nous nous connaissions mieux. Viens à neuf heures et demie. Je préparerai quelque chose à manger et nous parlerons de diverses questions qui concernent l'immeuble (et d'autres qui ne le concernent pas). Cordialement, ton voisin. »

21 h. 05 Je relis ce que j'ai écrit. Je déchire la lettre.

21 h. 20 « Chère voisine,

J'ai dans mon réfrigérateur de la nourriture qui va être perdue. Pourquoi ne viendrais-tu pas m'aider à le vider ? Nous en profiterions pour parler de l'immeuble et des réparations qui s'imposent (remplacement du moteur de l'ascenseur, ravalement de la façade, etc.) ? Je t'attends à dix heures. Bien à toi, un voisin. »

21 h. 30 Je relis ce que j'ai écrit. Je déchire la lettre.

22 h. 00 « Mon appartement est plein de fissures... »

22 h. 20 « Mes provisions sont en train de pourrir... »

23 h. 00 Je dîne seul au restaurant chinois du coin. Comme je suis le seul client, le patron de l'établissement s'assied à ma table pour faire la conversation. Il s'appelle Conchita-Kao (il a été baptisé par un missionnaire myope) et est natif du Kiang-Si. Dans son enfance, il a émigré à San Francisco, mais il s'est trompé de bateau et a débarqué à Barcelone. Comme il n'a jamais appris l'alphabet latin, il ne s'est pas encore rendu compte de son erreur, et je ne fais rien pour le détromper. Il est marié et a quatre fils : Conchita (l'aîné), Chang, Wong et Sergi. Il travaille vingt-quatre heures sur vingt-quatre, du lundi au samedi. Il consacre le

dimanche, jour de repos, à chercher (en vain) le Golden Gate en compagnie de toute sa famille. Il dit que son rêve est de retourner en Chine ; et que c'est pour cela qu'il travaille et fait des économies. Il me demande ce que je fais. Par souci de simplification, je lui dis que je suis chanteur de boléros. Ah, dit-il, il aime beaucoup les boléros, car ils lui rappellent le Kiang-Si, sa patrie tant regrettée. Il m'invite à boire un petit coup d'eau-de-vie chinoise, qu'il fabrique lui-même en distillant ce que ses clients laissent dans leurs assiettes. C'est un liquide de couleur marron, assez épais, d'un goût indéfinissable mais très aromatique.

24 h. 00 Nous chantons *Bésame mucho*. Un autre petit verre.

0 h. 05 Nous chantons *Cuando estoy contigo*, « Quand je suis avec toi… ». Encore un petit verre.

0 h. 10 Nous chantons *Tú me acostumbraste*, « Tu m'avais habitué… ». Encore un petit verre.

0 h. 15 Nous faisons des colliers de vermicelles chinois, nous chantons *Anoche hablé con la luna*, « Cette nuit j'ai parlé à la lune… », et nous partons à la recherche du Golden Gate. Pour nous maintenir le moral, j'emporte la bouteille.

0 h. 30 Nous descendons la rue Balmes en chantant *De nuevo frente a frente*, « Encore une

fois face à face…», et en demandant à tout le monde si on n'aurait pas vu un pont suspendu. Quelle rigolade !

0 h. 50 Nous nous asseyons à la porte de la Banque Atlantique et nous chantons *Cuidado con tus mentiras*, « Fais attention à tes mensonges… ». Nous pleurons.

1 h. 20 Nous nous asseyons sur les marches de la cathédrale et nous chantons *Permíteme aplaudir por la forma de herir mis sentimientos*, « Permets-moi d'applaudir à ta façon de blesser mes sentiments… ». Nous pleurons.

1 h. 40 Nous nous couchons sur le sol de la place San Felipe Neri et nous chantons *Más daño me hizo tu amor*, « Ton amour m'a fait plus de mal… ». Nous pleurons.

2 h. 00 Nous tournons autour de la Sagrada Familia en chantant à tue-tête. Pas trace du Golden Gate mais, à la troisième fois, le sacristain apparaît à une fenêtre pour voir ce qui se passe. Nous lui chantons *Voy a apagar la luz para pensar en ti*, « Je vais éteindre pour penser à toi… ».

2 h. 20 Nous arrêtons un taxi et donnons l'ordre au chauffeur de nous conduire en Chine. Dans le taxi, nous chantons *Se me olvidó que te olvidé*, « J'ai oublié que je t'avais oubliée… ».

2 h. 30 Le taxi nous dépose à la porte du commissariat et en plus il nous demande de payer la course. Nous ne lui donnons pas un sou de pourboire.

2 h. 55 Dûment admonesté par l'autorité, je rentre chez moi. Je monte l'escalier à quatre pattes. Dieu fasse que ma voisine ne me voie pas dans cette posture dégradante.

3 h. 10 Tout tourne autour de moi. Je bafouille mes prières et je me mets au lit. Toujours sans nouvelles de Gurb.

Le 21

9 h. 20 Je me réveille en proie à une sensation étrange. Je mets un certain temps à me rappeler les événements de la nuit. Leur évocation me permet de comprendre l'origine de mon mal au crâne et de mes nausées, mais pas de l'inquiétude qui m'envahit. J'ai beau faire des efforts de mémoire, je n'arrive pas à me rappeler à quel moment j'ai sorti le lit sur le balcon. Je ne me souviens pas non plus d'avoir acheté ces draps décorés d'illustrations lubriques. Je chasse les pigeons qui roucoulent sur l'édredon et je me lève.

9 h. 30 Pas de sels de fruits Eno dans le placard de la cuisine ; à la place, je trouve une bouteille de peppermint. Est-ce que je deviens dingue ? Ce serait la juste punition de mes vices.

9 h. 40 On sonne à la porte. J'ouvre. C'est un livreur avec un paquet. Dans le paquet, douze complets en lin de chez Toni Miró que, selon ce que prétend le bordereau, j'ai retenus hier. Je ne

sais pas de quoi il s'agit, mais je ne me sens pas la force de discuter. Je paye et il s'en va.

9 h. 50 On sonne à la porte. J'ouvre. C'est un livreur avec une caisse. Dans la caisse, cinq kilos de caviar béluga et douze bouteilles de champagne Krugg que, selon ce que prétend le bordereau, j'ai achetés hier chez Semon. Je n'y comprends rien. Je paye et il s'en va.

10 h. 00 On sonne à la porte. Ce sont des ouvriers qui viennent installer le Jacuzzi que j'ai commandé hier. Je les laisse découper les cloisons au chalumeau.

10 h. 05 Je sors de l'appartement passablement abasourdi. Je descends l'escalier d'un pas incertain. Pour ne pas risquer un accident, j'opte pour continuer assis, en me laissant rebondir de marche en marche. J'accélère en passant devant la porte de ma voisine, pour ne pas être surpris dans cette attitude humiliante.

10 h. 12 Dans l'entrée, la concierge me guette, *les sourcils froncés*. J'essaye de l'éviter, mais elle me barre le passage. Elle me dit que *ça* ne peut pas durer; qu'elle est très libérale, mais que la réputation de l'immeuble ne peut supporter un scandale comme *celui-là*. Elle ajoute que si je veux me ruiner la santé, dilapider mes biens et détruire ma propre réputation, c'est mon affaire,

mais que compromettre la réputation de tout le voisinage en est *une autre* et qu'elle n'admettra pas *ça*. Sur quoi elle me casse son balai (neuf) sur la tête.

10 h. 23 Je monte dans l'autobus. Le conducteur de l'autobus m'ordonne de descendre. Tant qu'il sera conducteur, dit-il, il ne laissera jamais monter un guignol comme moi dans son autobus.

11 h. 36 Après une longue marche, j'arrive à l'hôpital où Mme Mercedes continue à se remettre de son opération. Avant de me laisser entrer, des infirmiers munis de tuyaux et de soufflets m'aspergent de désinfectant. Je me demande ce qui se passe.

11 h. 40 Dans la chambre 602, je trouve Mme Mercedes qui a bien meilleure mine qu'hier. M. Joaquín paraît avoir recouvré son optimisme. Néanmoins, à ma vue, M. Joaquín *fronce les sourcils*. Il me dit que, quoi qu'il arrive, je pourrai toujours compter sur lui ; que lui comme son épouse, Mme Mercedes, me portent une affection sincère et qu'ils sont convaincus tous les deux que j'ai un bon fond, même si je me comporte parfois bizarrement. Après tout, dit-il, qui de nous peut dire qu'il n'a pas quelque chose à se reprocher ? Comme je ne sais que répondre à ses paroles, je lui remets le cadeau que j'ai apporté pour Mme Mercedes (un masque mortuaire d'Oliver Hardy) et je me dirige vers la porte de la chambre dans

l'intention de sortir. Avant que je n'aie eu le temps de le faire, Mme Mercedes m'appelle. Je m'agenouille au pied de son lit et elle dépose un baiser sur mon front tandis que de grosses larmes coulent sur ses joues pâles et ridées.

11 h. 59 Je me retrouve dans la rue. Des enfants m'arrosent de bouse d'hippopotame qu'ils ont été chercher tout exprès au zoo. Et je n'ai même pas pris mon petit déjeuner.

12 h. 30 Comme aucun taxi ne s'arrête malgré mes signes désespérés, je rentre chez moi épuisé. Cela ne fait aucun doute que je suis un objet de réprobation, mais j'ignore toujours ce que j'ai fait pour mériter cette répulsion générale. Même le marchand de beignets a refusé de me servir.

12 h. 35 J'entre dans mon appartement. Les ouvriers sont partis après avoir installé le Jacuzzi, un sauna, une piste de danse, une piscine climatisée, deux barres américaines, un Nautilus, une salle de jeu et une fumerie d'opium. Tout ça dans 60 mètres carrés !

12 h. 45 Je m'assieds sur le trampoline pour réfléchir aux événements. Ou bien il y a une conspiration contre moi à laquelle participent tous les habitants de cette ville distinguée, ou bien j'agis de façon répréhensible sans en avoir conscience. Étant donné que la première hypothèse est inimaginable,

je dois opter pour la seconde. Dans ce cas, et vu la rectitude avec laquelle j'ai toujours su me conduire, je dois en déduire qu'il existe sur la Terre un miasme quelconque dont je suis affecté. Ou, en tout cas, à Barcelone. Je devrais peut-être aller à Huesca, pour voir si je me porte mieux là-bas. Il est également possible que mes circuits soient détraqués.

13 h. 30 Un froissement me tire de mes réflexions. Quelqu'un a glissé une enveloppe sous la porte. L'enveloppe ne comporte pas de nom d'expéditeur. Dedans, je trouve une simple feuille imprimée, dont je copie ci-dessous le texte littéral :

Bonjour, chéri. Tu veux passer un bon moment ?
Alors, si tu as de quoi, viens nous voir.
Confort maximum et discrétion assurée.
Ambiance raffinée. Vente et location de vidéos.
Route de Pedralbes, s. n° (à cinq minutes de Up & Down).

13 h. 45 Je lis et relis le message. Je ne sais pas qui me l'a envoyé, mais je suis convaincu que la clef du mystère se trouve là. Je n'ai pas non plus le moindre doute sur ce que je dois faire.

14 h. 05 Je commence les exercices de préparation physique et spirituelle à laquelle doit se soumettre tout guerrier spatial avant le combat. Position du tigre : échine arquée, jambes fléchies, thorax bombé, bras pliés. Muscles d'acier !

14 h. 06 Massage.

14 h. 24 Dûment oint de liniment Sloan, je poursuis la préparation physique et spirituelle à laquelle doit se soumettre tout guerrier spatial avant le combat. Je fais le vide dans ma tête.

15 h. 50 Grâce à Dieu, j'ai dormi comme une souche. Je décide que la préparation physique et spirituelle à laquelle doit se soumettre tout guerrier spatial avant le combat est terminée. Je réchauffe les beignets qui me restent d'avant-hier, et je les mange en me regardant fixement dans la glace.

16 h. 30 Pour me mettre dans l'ambiance du lieu où vont me mener mes pas (et ma volonté inébranlable), je décide d'adopter l'apparence de Gilbert Bécaud en tortue Ninja. Je sors dans la rue où je sème l'admiration et l'effroi.

17 h. 00 À des fins didactiques, j'entre dans un cinéma à salles multiples pour voir le dernier film d'Arnold Schwarzenegger. Je suis surpris (agréablement) de découvrir que le film a été financé par la Generalitat de Catalogne et qu'il se passe entièrement à Sant Llorenç de Morunys. Je n'exclus pas la possibilité de m'être trompé de salle.

19 h. 00 Je sors du cinéma. Je me dirige vers un magasin d'automobiles. J'explique ce que je

cherche au vendeur, à savoir une Aston Martin blanche munie d'un mécanisme additionnel qui permet au véhicule de répandre un semis de clous par la partie arrière, évitant ainsi que les poursuivants (du véhicule) puissent l'atteindre (le véhicule). Le vendeur me répond que le modèle que je cherche est en commande, mais qu'il n'a pas encore été livré. Pour le même prix, il me vend une fourgonnette SEAT 850 qui répand également des vis et des boulons par le tuyau d'échappement.

20 h. 04 Dans la rue Tuset, je croise le Saint-Sacrement. Je l'accompagne sur trois pâtés de maisons en chantant le *Dies irae*.

21 h. 00 Je suis prêt pour l'action. Je m'assieds au volant. Ceinture de sécurité. Casque. Lunettes noires de Jean-Pierre Gaultier. Foulard de Gianfranco Ferré. Cassette de Prince. Pin's de Marlboro. Vrroum ! Vrroum !

21 h. 05 La Diagonale est barrée par des travaux. Déviation par la route d'Esplugas.

21 h. 10 La route d'Esplugas est barrée par des travaux. Déviation par Molins de Rey.

21 h. 20 L'accès de Molins de Rey est barré par des travaux. Déviation par l'autoroute de Tarragone.

22 h. 20 Arrivé à Tarragone, je visite l'Arc de Bará, la Tour des Scipions, le Musée archéologique et la Cathédrale (beau retable de Lluís Borrassà).

23 h. 00 Je prends la route du retour par Teruel et Soria.

1 h. 40 J'arrête ma voiture devant une discrète porte métallique protégée par deux employés d'une agence privée de sécurité, deux gardes civils, deux gendarmes et un détachement de la division blindée Brunete. On voit bien qu'il s'agit d'un local exclusif (et excluant ?).

1 h. 41 Je lance en l'air les clefs de la voiture, que le gardien chargé de garer les voitures cueille habilement.

1 h. 42 Le portier me fait signe de lui montrer ma carte. Je montre ma carte d'identité nationale, mon permis de conduire, ma carte de la Bibliothèque de Catalogne, celle du vidéoclub de la rue Vergara et celle des Congrégations mariales. Aucune n'est bonne.

1 h. 43 Le gardien chargé de garer les voitures me rend mes clefs en s'excusant : il ne connaît que les BMW et il a peur de rayer le trottoir avec les phares de ma voiture.

1 h. 44 Au vu de ces obstacles, je décide d'abandonner l'entreprise. Je monte dans ma voiture et me dispose à battre en retraite.

1 h. 46 Je me souviens soudain de James Bond que les difficultés ne faisaient que renforcer dans sa détermination. De même María Goretti. J'ai honte de ce moment de faiblesse. Je freine. Je perds le carter, le vilebrequin, le châssis et un charmant autocollant qui disait :

I ♥ MA BELLE-MÈRE.

1 h. 50 Je reviens vers le local en me cachant dans l'ombre. Je serre entre mes dents un couteau de l'armée suisse. Je me fais peur à moi-même.

1 h. 55 Je repère sans difficulté le grillage qui ferme le conduit d'air conditionné du local. Je l'éventre avec mon couteau qui est doté d'un tournevis, d'un ouvre-boîtes, d'un tire-bouchon, d'une scie et d'une demi-douzaine de bigoudis de campagne (qui aurait cru ça des Suisses, ils ont l'air si sérieux).

2 h. 00 Je m'introduis dans le conduit de l'air conditionné. Quelle histoire !

2 h. 20 Cela fait vingt minutes que je rampe dans ces tubes répugnants sans trouver d'issue. Si au moins je pouvais retrouver la bouche par

laquelle je me suis introduit, je rentrerais chez moi. Quant à James Bond, il peut aller se faire cuire un œuf.

3 h. 00 Je continue à ramper. Je dois déjà avoir fait plusieurs kilomètres. Le froid est intense, ce qui est normal car les cadres supérieurs sont des gens qui ont toujours trop chaud et qui exigent que l'on mette l'air conditionné à fond partout où ils se trouvent et en toute saison. Je suis aussi dans une obscurité absolue, mais ce détail est sans importance, vu que je peux voir dans l'obscurité, ce qui constitue par ailleurs une économie non négligeable pour mes notes d'électricité. Cette particularité me permet en outre de distinguer les obstacles que je rencontre sur mon chemin : rats, déchets industriels, blocs de pierre, cadavres. Les cadavres présentent clairement des symptômes de congélation. Après examen sommaire, j'arrive à la conclusion qu'ils ont appartenu à des cadres moyens qui se sont vu refuser l'entrée du local par la grande porte et ont essayé d'y accéder par la voie que j'emploie en ce moment.

3 h. 40 J'aperçois au loin une légère lueur. C'est l'issue ! Un ultime effort. J'y suis. Un grillage me barre le passage. Je le fais sauter d'un coup de pied. Je me glisse dans l'orifice devenu libre. J'atterris sur une table mise pour vingt convives. Heureusement, aucun n'est présent.

3 h. 41 Au bruit, un serveur accourt et m'ordonne de libérer immédiatement la table. Il m'informe que cette table a été réservée pour Stéphanie de Monaco, son fiancé et quelques amis. En réalité, ajoute-t-il, la réservation a été faite le 9 avril 1978 et personne ne s'est encore manifesté, mais, compte tenu de la personnalité des convives, la direction du local n'a pas estimé opportun de l'annuler. Une fois par semaine, continue le serveur, les nappes et les serviettes sont envoyées au blanchissage, les couverts sont astiqués, les fleurs changées, les fourmis exterminées et le pain (blanc, et de deux sortes : complet et de soja) remplacé par une nouvelle fournée. Dans un coin se tiennent une demi-douzaine de photographes couverts de toiles d'araignée.

3 h. 44 Remis de ma chute, j'entends le serveur me dire que si je désire souper je peux le faire à n'importe quelle table, elles sont toutes libres, car les gens vraiment distingués ne mangent jamais avant cinq heures ou cinq heures et demie du matin, afin de ne pas être confondus avec le commun, qui dîne avant car il doit se lever tôt. Je réponds que pour le moment je me contenterai d'un verre de champagne (réserve spéciale) au bar.

3 h. 45 Comme la réserve spéciale ne me réussit pas, je me distrais en comptant mes borborygmes sans ingérer davantage le liquide qui les produit (inexplicablement) et en écoutant la conversation

de trois individus qui partagent le bar avec moi. La conversation serait intéressante si la consommation immodérée de réserve spéciale par les parleurs ne leur causait des borborygmes qui la rendent (la conversation) difficilement intelligible. Il est aisé, néanmoins, de deviner de quoi ils parlent, car les Catalans parlent toujours de la même chose, à savoir de travail. Dès que deux Catalans, ou plus, sont ensemble, chacun raconte son travail avec un grand luxe de détails. Il leur suffit de sept ou huit termes (exclusivités, commissions, carnet de commandes, et quelques autres) pour mener un débat des plus nourri, qui peut durer indéfiniment. Il n'y a pas sur toute la Terre de gens plus passionnés de travail que les Catalans. S'ils savaient faire quelque chose, ils seraient les maîtres du monde.

4 h. 00 Une femme très jeune et fort séduisante s'approche de moi. Avec une grande désinvolture, elle me demande si j'étudie ou si je travaille. Je lui réponds qu'il est impossible d'opérer une telle distinction, car quiconque étudie (avec application) se livre à un travail d'une extrême importance (pour l'avenir), de même que quiconque investit ses cinq sens dans son travail apprend chaque jour quelque chose de nouveau. Sans doute satisfaite de ma réponse, la jeune femme s'éloigne à vive allure.

6 h. 00 Les heures passent sans me livrer aucune des pistes que je suis venu chercher dans

ce local. Je commence à penser que, pour la première fois, mon intuition m'a trompé. Les gens sont arrivés, ils ont soupé et ils sont repartis. Certains ont tellement maigri pendant leur repas d'affaires qu'ils se sont dissipés en fumée au café. J'en suis réduit à compter les borborygmes dus à la réserve spéciale. On m'a renouvelé trois ou quatre fois mon verre pour que je ne manque pas de distraction. Je suis sur le point de partir.

6 h. 15 Je reste seul dans le local. Le sommeil me gagne. Je crois même que j'ai dû involontairement laisser tomber ma tête à plusieurs reprises sur le bar, car celui-ci présente plusieurs ondulations suspectes. Je demande l'addition, bien décidé à me retirer et à considérer l'enquête comme terminée.

6 h. 16 Je suis en train de réfléchir à la façon la moins périlleuse de descendre du tabouret, quand arrive un individu solitaire ; il pose son coude gauche sur le bar, et fait claquer le pouce et le majeur de sa main droite. Le barman accourt et l'individu commande un whisky. Quel whisky ? Pur malt. Dans un grand verre ? Un petit. Avec des glaçons ? Oui. Deux ? Non, trois. Un peu d'eau ? Oui. Minérale ? Oui. Gazeuse ? Plate. Le barman se retire. L'individu s'évanouit.

6 h. 20 Je lui fais du bouche-à-bouche et le gifle énergiquement sur les joues pour qu'il réagisse.

Comme je pratique les deux opérations simultanément, c'est moi qui reçois la plupart des gifles.

6 h. 25 L'individu reprend connaissance au moment où le barman revient avec sa commande. Il boit d'un trait. Il retombe aussi sec. Je recommence les opérations.

7 h. 00 L'individu et moi sortons ensemble du local. Lui s'appuyant sur moi, et moi aux murs. Dehors les oiseaux gazouillent dans les branches et le soleil montre sa face goguenarde à l'horizon, ce qui m'indique que nous sommes déjà…

Le 22

7 h. 00 Voir paragraphe précédent.

7 h. 05 Avec une force dont je n'aurais pas cru capable un individu en aussi piteux état, mon nouvel ami (et protégé) s'arrache de mes bras. Mieux : il m'arrache les bras. Pendant que je les remets en place, il me prie de l'excuser. Mais voyons, je vous en prie, c'est sans importance. Mon nouvel ami (et protégé) m'explique qu'en dépit des apparences il n'est pas ivre. Il est seulement très fatigué. Cela fait plusieurs jours qu'il n'a pas dormi. Plusieurs mois, même. Je lui en demande la cause.

7 h. 30 Les tourments du cadre supérieur : lecture et compréhension partielle des cours de la Bourse, marché comptant, marché à terme ; café au lait (écrémé), biscottes à la margarine, pilules ; douche, rasage, violente application d'after-shave. Le cadre enfile son barda : Benetton par-ci, Benetton par-là. Les enfants lavés et peignés montent

dans la voiture du cadre. Papa les conduira à l'école. La veille au soir ils ont dîné chez leur mère, mais ils ont dormi chez leur père. Ce soir ils dîneront chez leur père, mais ils dormiront chez leur mère, et demain leur mère les conduira à l'école et il ira les chercher pour qu'ils dînent chez lui ou chez leur mère (on se téléphonera). Un des enfants n'est pas le sien ; il n'a jamais vu l'autre père, mais il préfère ne pas poser de questions. Depuis qu'il s'est séparé de sa femme (à l'amiable) il préfère ne poser aucune question. Le cadre conduit sa voiture avec les genoux : de la main gauche il tient le combiné du téléphone de la voiture ; de la main droite il règle la radio de la voiture ; du coude gauche il monte et baisse les fenêtres de la voiture ; du coude droit il empêche les enfants de jouer avec le changement de vitesse de la voiture ; du menton il appuie sans cesse sur l'avertisseur de la voiture. Au bureau : télex, fax, lettres, messages sur le répondeur ; il consulte son agenda. Mon petit, annulez-moi le rendez-vous de onze heures ; mon petit, arrangez-moi un rendez-vous pour midi ; mon petit, réservez-moi une table pour quatre à La Dorade ; mon petit, annulez la table que j'ai réservée à Reno ; mon petit, réservez-moi une place sur le vol de demain pour Munich ; mon petit, annulez le vol de cet après-midi pour Genève ; mon petit, mes pilules. Le cadre emploie ses brefs moments de repos à apprendre l'anglais :

My name is Pepe Rovello,
In shape no bigger than an agate stone
On the forefinger of an alderman,
Drawn with a team of little atomies
Athwart men's noses as they lie asleep.

Le cadre apprend à danser le flamenco. La professeur lui fait la tête, parce qu'il est clair qu'il n'a pas répété à la maison. Allons, Rovello, surveille tes bras et rentre ton ventre ! Le cadre pratique l'art difficile des castagnettes en chevauchant sa Kawasaki. Il a un accident et il arrive en retard au club. Il joue deux parties de squash sans avoir eu le temps d'enlever son costume de danseur. Au restaurant, il se limite à un céleri vapeur (sans sel), une tisane de menthe et un cigare. Pilules, sirop pour la digestion, assortiment de vitamines. Les maladies du cadre : gastrite, sinusite, maux de tête, problèmes circulatoires, constipation chronique. Il confond le cigare et les suppositoires. Au cours d'aérobic, il se démet une articulation ; le kinésithérapeute la remet en place, la masseuse la redémet. Autre problème : sa deuxième ex-femme est enceinte de l'ex-mari de sa première ex-femme : *a)* quel nom portera le bébé ? *b)* qui paiera les échographies ? Autre problème : l'équipage du yacht s'est mutiné et se livre à la piraterie dans les mers du Sud.

7 h. 50 Le cadre et moi, nous nous séparons. Il a pris le dernier verre, dit-il, et il peut commencer

cette nouvelle journée avec la satisfaction du devoir accompli. Il met son casque et ses gants. Je lui demande s'il pense être en état de piloter une moto. Comment, une moto ? Pour qui je le prends ? Pour aller en ville, il n'utilise que son deltaplane.

8 h. 00 Je descends en courant la rue de Pedralbes, je remonte en courant la rue de Pedralbes, et je parviens à faire s'envoler le deltaplane. Je laisse filer la corde. Mon ami me fait des signes dans l'azur matinal : adieu, adieu, nous nous souviendrons toujours de notre rencontre.

8 h. 05 J'essaye de rentrer chez moi en traînant des pieds. Ou l'expression (courante) ne correspond pas à la réalité, ou alors il existe une méthode que je ne connais pas pour traîner des deux pieds en même temps. J'essaye de laisser traîner un pied et de faire un saut en avant avec l'autre (pied). Je me retrouve à plat ventre.

8 h. 06 Tandis que j'approfondis le sens de l'expression plat ventre, j'avise juste devant moi un portefeuille. Une analyse sommaire m'indique que le portefeuille a appartenu originellement à un crocodile. Une analyse plus fine m'indique que le portefeuille est passé entre plusieurs mains, et qu'au moment de sa perte il appartenait à mon ami le cadre. Maintenant il appartient à ce que me dictera mon sens personnel de l'honnêteté, hé !

hé ! Température, 23 degrés centigrades ; humidité relative, 56 % ; état de la mer, peu agitée.

8 h. 07 J'examine le contenu du portefeuille du cadre. Trois ou quatre mille pesetas, que je transvase sans tarder dans mes poches. Carte nationale d'identité, permis de conduire, cartes de crédit et divers documents attestant de l'appartenance de leur titulaire au monde des êtres actifs et dominants. Photo d'un chien-loup sous un arbre. Au total, rien.

8 h. 10 Au moment de jeter le portefeuille et son contenu dans une bouche d'égout, je découvre un compartiment clos par une fermeture à glissière. Je la force. Je n'ai pas encore réussi à dominer cet étrange mécanisme (ni à comprendre comment une chose aussi absurde jouit d'une telle diffusion) et c'est pour cela que je finis par l'arracher. Du compartiment, j'extrais une photographie. Une jeune femme vraiment agréable à regarder. Au dos, une brève dédicace : Qui c'est qui t'aime, mon poussin ? C'est Cuqui.

8 h. 11 Allons, allons.

8 h. 12 Je décide de rentrer chez moi. Un taxi passe, je l'arrête, j'y monte. Pendant le trajet, informations à la radio. Il y a eu un nouvel accident à la centrale nucléaire de Vandellós. Un porte-parole de la centrale informe le public des avantages d'être

un mutant. Vous serez une surprise permanente pour votre famille, s'exclame-t-il. Le chauffeur ne semble pas convaincu. S'il était le gouvernement, dit-il, il déménagerait la centrale nucléaire dans le parc naturel de Doñana. Ça leur apprendrait à vivre, à ces espèces protégées de merde.

8 h. 30 J'entre en tâchant de faire vite. L'hostilité du voisinage ne fait que croître. La concierge s'est fabriqué une sarbacane avec le manche de son balai et m'envoie des flèches trempées dans du curare. Un voisin déverse de l'huile bouillante dans la cage de l'escalier quand il me voit passer. Un autre a introduit des tarentules dans mon appartement. Je dois utiliser le Cucal à fond.

8 h. 45 Je décide de mettre fin à ce malentendu. Cet après-midi, je réunirai tous les voisins, je leur servirai un goûter, j'écouterai leurs doléances (avec patience) et je me réhabiliterai à leurs yeux. Si quelqu'un veut faire un plongeon dans la piscine, il pourra le faire gratis.

8 h. 50 Je sors acheter le nécessaire pour ma sauterie. J'adopte l'apparence d'Alphonse V le Magnifique (1396-1458).

9 h. 00 J'achète deux douzaines de brioches, une plaque de beurre, cent grammes de mortadelle, une bouteille d'eau gazeuse.

9 h. 10 J'achète des lampions, des ballons, des serpentins.

9 h. 20 Retour chez moi. Scorpions dans ma boîte aux lettres, cobra dans l'ascenseur, napalm sur le palier.

9 h. 50 Je finis de préparer les sandwichs. J'ai eu un peu de mal car j'ai perdu le couteau suisse et j'ai dû me servir des pinces des scorpions.

10 h. 00 Je rédige les invitations. J'ai l'honneur d'inviter M. … et Mme à la réception qui aura lieu… etc., etc. Tenue de soirée de rigueur, bla-bla-bla. C'est vraiment du meilleur effet.

10 h. 05 Je mets les cartons dans leurs enveloppes respectives. Je passe la langue sur la partie gommée des enveloppes afin de les coller (sur elles-mêmes). La gomme a si bon goût que je ne peux m'empêcher de manger trois enveloppes avec les cartons correspondants. Tout en accomplissant cette opération, je pense au bonheur que j'éprouverais si les choses suivaient le cours de mes désirs : le café de Mme Mercedes, ma voisine, etc. Je compte les jours qui restent avant Noël.

10 h. 15 Un froissement me tire de mes réflexions. Quelqu'un a glissé une enveloppe sous la porte. L'enveloppe ne comporte pas de nom d'expéditeur.

Dedans, je trouve une simple feuille imprimée, dont je copie ci-dessous le texte littéral :

Alors, tu as passé une bonne nuit ?
La prochaine sera encore meilleure
si tu viens me voir. Je suis un petit bonbon
fondant à la confiture et au miel,
arômes naturels et conservateurs (E 413,
E 642),
juste pour tes petites dents de tigre.
5, rue du Turrón, appartement 2 a
(au coin de Travesera de las Corts).
P.-S. Laisse tomber tes voisins,
ce sont des vulgaires.

10 h. 25 Puisque quelqu'un s'acharne à contrecarrer ma réhabilitation sociale, je déchire les invitations, je mange toutes les brioches et je mets le feu aux lampions. Je me fais une jupe hawaïenne avec les serpentins.

10 h. 40 Je danse un moment, mais j'en ai vite assez.

10 h. 45 Je téléphone à l'hôpital où Mme Mercedes se remet de son opération. Je parle avec M. Joaquín. Comment ça va ? Très bien, très bien. Les médecins ont dit que Mme Mercedes pouvait rentrer chez elle quand elle voulait. Il est possible qu'ils soient de retour au café dès demain. C'est une bonne nouvelle et je m'en réjouis. Nous raccrochons.

11 h. 00 La matinée est ensoleillée, claire, sèche et moins chaude que les jours précédents. Je décide de faire un tour. Où aller ?

11 h. 05 Je décide de visiter un musée de peinture, matière dans laquelle je ne suis pas très versé. Il faut avouer que sur notre planète nous n'accordons pas beaucoup d'importance aux arts plastiques, en partie parce que le daltonisme et la presbytie sont fréquents chez nous, et en partie parce que le côté esthétique des choses nous laisse indifférents. C'est pour cette raison, et aussi à cause de mon manque d'inclination naturelle (et d'aptitude) pour les études, que ma formation sur ce terrain est déficiente. Si quelqu'un me demandait quels peintres je connais, je répondrais Piero della Francesca et Tàpies, point final.

11 h. 30 Je me présente au musée d'Art de Catalogne. Fermé pour travaux.

11 h. 45 Je me présente au musée d'Art contemporain. Fermé pour travaux.

12 h. 00 Je me présente au Musée ethnologique. Fermé pour travaux.

12 h. 20 Je me présente au musée d'Art moderne. Fermé pour travaux. La conservatrice m'explique que l'autorité responsable a décidé d'actualiser le

musée et de le transformer en centre multisectoriel, interdisciplinaire et, si le budget le permet, ludique. À cette fin, on va construire un édifice de quinze étages qui hébergera deux théâtres, quatre cafétérias, une boutique de souvenirs, un foyer du troisième âge, l'actuelle collection du musée, les miroirs déformants du Tibidabo et la collection Planelles de sparadraps. Les travaux dont l'achèvement était initialement prévu pour 1992 ne pourront pas commencer avant 1998. Les tableaux ont été entreposés provisoirement dans les docks du port qu'une autre commission municipale a fait démolir le mois dernier. En conséquence de quoi, il est probable qu'à l'heure où elle me parle les tableaux sont en train de dériver dans la Méditerranée. Elle ajoute que si, néanmoins, je souhaite visiter le musée, je ne serai pas déçu car on vient justement ce matin d'y apporter un mammouth, pour qu'il y soit conservé jusqu'à la fin de la rénovation du musée d'Histoire naturelle, actuellement fermé pour travaux.

13 h. 00 Puisque je me trouve dans le parc de la Ciudadela, je décide d'y passer le reste de la matinée. J'achète dans un kiosque une boîte (format familial) de biscuits et je m'assieds pour les manger au bord du bassin. Comme le soleil est implacable, personne ne me dispute ma chaise. Des canards glissent doucement sur l'eau jusqu'à moi. Je leur lance un biscuit, ils le mangent, et ils coulent à pic.

14 h. 00 Déjeuner aux Siete Puertas. Anguilles, langoustines, rognons, pets-de-nonne, carbonade de bœuf, deux bouteilles de Vega Sicilia, flan catalan, café, cognac, Montecristo n° 2, et basta !

16 h. 30 Je monte la côte du fort de Montjuich pour faciliter la digestion.

17 h. 30 Je descends la côte du fort de Montjuich pour faciliter la digestion.

18 h. 30 Je remonte la côte du fort de Montjuich pour faciliter la digestion.

19 h. 00 Petit casse-croûte dans la rue Petritxol.

20 h. 00 Je me dirige vers le lieu du rendez-vous, et j'y arrive à 20 h. 32.

20 h. 32 Voir ci-dessus.

20 h. 33 En pénétrant dans le hall de l'immeuble, je suis interpellé par un portier vêtu d'une élégante livrée. Où est-ce que je prétends aller ? Au deuxième étage, monsieur le portier. Ah oui ? Et peut-on savoir ce que je vais faire au deuxième étage ? Voir une personne qui m'a donné rendez-vous. Oh ! *rendez-vous, rendez-vous*, c'est vite dit. Voyons voir, jeune homme, comment elle s'appelle, cette personne avec qui tu dis avoir *rendez-vous* ? C'est une demoiselle,

mais je ne me souviens plus de son nom. Ah ! une demoiselle… Ça ne serait pas des fois Mlle Piloski ? Oui, c'est ça même. Eh bien tu n'as pas de chance, mon garçon, Mlle Piloski est décédée il y a quarante ans, juste au moment où je suis entré comme portier dans cet immeuble que je suis chargé de protéger contre les intrus et les camelots. D'accord, d'accord, ce n'est peut-être pas le bon nom. Alors ça serait pas par hasard Mlle Sotillo, Dieu ait son âme ?

21 h. 30 Après avoir passé en revue cinquante-deux demoiselles et dit une prière pour le repos éternel de l'âme de chacune, je décide de donner un billet de cinq mille pesetas au portier.

21 h. 31 Le portier m'accompagne en personne dans l'ascenseur, en fredonnant à voix basse pour ne pas perdre le fil musical.

21 h. 32 Le portier me laisse seul sur le palier. Je sonne. Cling clang. Silence. Cling clang. Rien. Par chance, il y a une plante verte sur le palier et je peux y déverser le trop-plein de ma nervosité.

21 h. 34 J'insiste. Un bruissement de pas feutrés qui s'approchent. Un œilleton s'ouvre. Derrière, on m'observe. Si j'avais un cure-dent, je l'y planterais.

21 h. 35 L'œilleton se referme. Les pas s'éloignent. Silence.

21 h. 36 Les pas s'approchent de nouveau. Un verrou glisse. Une clef tourne dans la serrure. La porte s'ouvre lentement. Et si je m'enfuyais en courant dans l'escalier ? Non, je reste.

21 h. 37 La porte s'ouvre complètement. Une dame en camisole et en pantoufles me tend le sac des ordures. Elle s'excuse immédiatement. Dans la pénombre et sans lunettes, elle m'a pris pour le portier. Il vient toujours à cette heure-ci, vous comprenez ? Bien sûr, c'est évident, je me suis trompé de porte. Oui, celle que je cherche habite en face. Non, non, ça n'a pas d'importance. Oui, elle reçoit beaucoup de messieurs. Oui, ils finissent tous par faire pipi dans le yucca : vous n'avez qu'à voir comme il pousse bien. Les nerfs, bien sûr. Et puisque je suis là, est-ce que je pourrais quand même descendre les ordures ? L'émission d'Angel Casas va justement commencer à la télé, et elle ne voudrait pas la manquer. Va, mon garçon, ne perds pas de temps, sinon tu devras courir derrière le camion.

21 h. 45 Je remonte par l'ascenseur. Je sonne à l'autre porte.

21 h. 47 Un monsieur m'ouvre la porte. Me suis-je encore trompé ? Non. Mademoiselle vous attend. Si vous voulez bien vous donner la peine de me suivre, par ici s'il vous plaît.

21 h. 48 Nous suivons un corridor. Moquette, rideaux, tableaux, fleurs, parfum enivrant. Je suis sûr que je sortirai d'ici complètement plumé.

21 h. 49 Nous nous arrêtons devant une porte tapissée de velours cramoisi. L'individu qui m'accompagne me dit que derrière cette porte se trouve la demoiselle. Elle m'attend. Lui, dit-il, au cas où je ne l'aurais pas compris à son allure et à ses manières, il est le *majordome*. Mais il fait aussi du karaté. En fait, précise-t-il, il fait *surtout* du karaté. Alors pas de bêtises, O. K. ? Je ne sais toujours pas ce que signifie le mot *majordome*, mais le ton sur lequel il le prononce est sans équivoque.

21 h. 50 La porte s'ouvre. Je vacille. Une voix me prie d'entrer : allons, mon vieux, entre donc. Serait-ce possible ?

21 h. 51 C'est possible !

2 h. 40 Nous n'en finissons pas de nous raconter nos aventures. Gurb n'a pas eu beaucoup plus de chance que moi. D'abord il y a eu le professeur d'université. Il l'aimait bien, mais il a dû le laisser tomber parce que le professeur voulait absolument que Gurb écrive une thèse. D'autres ont suivi. Il cherchait un type sérieux et distingué, mais, sans comprendre comment ni pourquoi, il tombait toujours amoureux des plus minables. Je lui

dis que ça n'est pas étonnant, vu qu'il est devenu une gourgandine. Gurb répond que ce n'est pas si sûr. Tout ça, dit-il, vient de ce qu'il a toujours été trop bon. Nous discutons un moment avec animation, jusqu'à ce que le *majordome* intervienne pour nous rappeler (discrètement) que deux extraterrestres en mission devraient avoir autre chose à faire que de se crêper le chignon comme des harengères. Et surtout, ajoute-t-il, pour des stupidités pareilles. Lui, s'il voulait, il pourrait nous raconter des histoires réellement émouvantes. Des histoires qui nous tireraient les larmes des yeux. Car, continue-t-il, il sait ce que c'est que la vie, lui. À la maison, ils étaient quinze. En fait, il était fils unique, mais avec ses deux parents, ses quatre grands-parents et ses huit arrière-grands-parents, tous plus fainéants les uns que les autres, faites vous-même le compte. Il a eu tellement faim dans son enfance qu'il mangeait les tickets de rationnement avant que n'arrive le jour de les échanger contre du riz, des lentilles, du pain noir et du lait en poudre. En attendant ce récit lamentable, et, sans en attendre la fin, nous versons effectivement des larmes abondantes, nous lui payons son compte et nous le congédions.

2 h. 45 Gurb me fait visiter l'appartement. Idéal. Il me dit qu'il a *tout* choisi lui-même. Je compare (dans mon for intérieur) cet appartement avec le mien et j'en rougis de honte.

2 h. 50 Gurb ouvre une porte en bois massif et me montre sa dernière installation : le sauna. Bien sûr, personne ne s'en est servi ni ne compte s'en servir, mais ça lui permet de garder les beignets au chaud.

2 h. 52 Tout en mangeant des beignets en m'en *mettant jusque-là*, je lui demande si c'est lui qui est la cause de mes récentes mésaventures. Il répond que oui, mais qu'il l'a fait dans les meilleures intentions. L'avantage de la communication télépathique, c'est qu'on peut parler la bouche pleine. Je lui demande pourquoi il a saboté le plan de vie que je m'étais tracé, en faisant de moi une crapule aux yeux du monde, et il me répond qu'il ne pouvait pas admettre que je finisse mes jours en servant des petits crèmes dans le café de M. Joaquín et de Mme Mercedes, et encore moins que je me mette en ménage avec ma voisine, encore que sur ce dernier point, ajoute-t-il sournoisement, les probabilités étaient minimes vu que je faisais tout pour que ça foire. Nous avons une autre altercation, jusqu'à ce qu'on sonne à la porte. Nous allons ouvrir. C'est le voisin d'à côté qui se plaint que nous ne le laissons pas dormir. Il dit que si nous voulons nous disputer nous n'avons qu'à le faire à haute voix comme tout le monde : les cris et la vaisselle cassée, il a l'habitude. Mais la communication télépathique, en revanche, ça s'entend dans la télévision et, ajoute-t-il, si vous voyiez le bazar que ça fait.

3 h. 00 Comme il se fait très tard, nous décidons d'aller nous coucher et de continuer la conversation demain. Avant de nous mettre au lit, nous récitons le saint rosaire. Pendant le second mystère (le mystère joyeux), je dois gronder Gurb car je découvre qu'il feuillette en catimini *La Maison de Marie-Claire*.

3 h. 15 J'oblige Gurb à se laver les dents. Dieu seul sait depuis combien de temps il ne les a pas brossées *comme il faut*.

3 h. 20 Je demande à Gurb s'il peut me prêter un vêtement de nuit. Il me montre l'armoire de la lingerie. Je préfère ne pas regarder.

3 h. 30 Gurb se couche dans son lit ; moi, sur le canapé du living. Nous laissons la porte entrouverte. Bonne nuit, Gurb. À demain. Dors bien. Toi aussi. Fais de beaux rêves, Gurb.

3 h. 50 Gurb. Quoi ? Tu dors ? Non, et toi ? Moi non plus. Tu veux un verre de lait ? Non, merci.

4 h. 10 Gurb. Quoi ? À quoi penses-tu ? À rien, et toi ? Je pense que maintenant qu'on s'est retrouvés, on va pouvoir rentrer sur notre chère planète. Ah.

4 h. 20 Dis-moi. Quoi donc, Gurb ? Tu as envie de rentrer sur notre chère planète ? Bien sûr, pas

toi ? Bof, mon vieux, je ne sais pas quoi répondre : à vrai dire, c'est pas la joie, là-bas. Eh, Gurb, tu n'as pas tout à fait tort, mais tu vois une autre solution ? On pourrait rester sur celle-là. Et on y ferait quoi ? Bof, des tas de trucs ; tiens, un exemple : on pourrait ouvrir un bar, tous les deux. Il ne manquerait plus que ça : quand c'est moi qui veux rester dans le café de M. Joaquín et de Mme Mercedes, tu me mets des bâtons dans les roues ; et maintenant que ça devient ton idée, il faudrait que je la trouve bonne. Tu ne peux pas comparer : le café de M. Joaquín et de Mme Mercedes, c'est pour une clientèle de retraités ; moi, je te parle d'autre chose : décoration top niveau, musique stéréo, billard, tarot, ouvert jusqu'à l'aube, et tous les samedis concours de Miss Belles-Fesses. Hum. Promets-moi d'y réfléchir. Je te promets.

4 h. 45 Dis donc, Gurb. Quoi ? Tu crois que ça rapporterait de l'argent ? Bof, qui pense à l'argent ? Moi. Dans ce cas, ne te fais pas de bile : ce genre d'endroits, ça rapporte toujours une montagne de fric. Oui, au début, mais dès la saison suivante la mode se déplace, et ta décoration top niveau, tu n'as plus qu'à te la mettre où tu sais. Et alors, qu'est-ce que ça fait ? Si l'affaire devient moins bonne, on en monte une autre ; cette ville est un filon, y a qu'à l'exploiter ; et quand on sera fatigués, on ira à Madrid : c'est du gâteau, mon vieux : rien que pour prendre le pont aérien, ça vaut le coup. Je ne sais pas, je ne

sais pas : tout ça n'est pas très sérieux. Écoute, si c'est l'avenir qui te tracasse, t'as qu'à souscrire à un plan de retraite : avec une espérance de vie de neuf mille ans, tu écœureras la Caisse. Et maintenant, laisse-moi dormir. D'accord, Gurb, ne t'énerve pas. Je m'énerve pas, mais dors. Bonne nuit, Gurb. Bonne nuit.

[illegible] petites flaques. [illegible]
[illegible] Cassée [illegible] déjà 10 [illegible]

10 h 13. – Je suis réveillé par une sonnerie. [illegible] la porte d'entrée. [illegible] Ah oui, je me souviens. [illegible] La porte de sa chambre [illegible] dans ses oreilles. [illegible] La sonnerie continue à retentir.

10 h 15. – [illegible] devant la porte de la chambre [illegible]

10 h 16. – [illegible] C'est le garçon de courses qui apporte un bouquet [illegible]. C'est pour la dame [illegible] le bouquet [illegible] la porte.

10 h 18. – Dans la cuisine, je [illegible] de ma poche et que [illegible] vase [illegible] je le remplis d'eau et je dispose les fleurs dans le vase [illegible]

Le 23

10 h. 13 Je suis réveillé par une sonnette. Où suis-je ? Sur un canapé. Et ce délicieux living ? Ah oui, je me souviens. Où est Gurb ? La porte de sa chambre est fermée. Il doit dormir sur les deux oreilles. Il a toujours été un gros dormeur. Pas comme moi, qui suis matinal et actif. La sonnerie continue à retentir.

10 h. 15 Je frappe doucement à la porte de la chambre. Pas de réponse. Je décide de répondre moi-même à l'appel de la sonnette.

10 h. 16 J'ouvre. C'est un garçon de course qui apporte un bouquet de lis blancs. C'est pour la dame, dit-il. Je lui donne dix pesetas de pourboire et il me remet le bouquet. Je ferme la porte.

10 h. 18 Dans la cuisine. Je note les dix pesetas que j'ai payées de ma poche et que Gurb me doit. Je cherche un vase. Je le trouve, je le remplis d'eau et je dispose les fleurs dans le vase du

mieux que je peux. Le résultat laisse à désirer. Je n'aurais peut-être pas dû tellement couper les tiges. Mais il est trop tard pour changer d'avis.

10 h. 21 J'ouvre l'enveloppe qui accompagne le bouquet. Elle contient une carte écrite à la main. Je ne devrais pas lire ce qu'elle dit, mais je lis. À ma Cuqui jolie, un million de baisers, shmuch shmuch shmuch shmuch shmuch shmuch shmuch shmuch shmuch shmuch shmuch shmuch, son poussin, Pepe.

10 h. 24 La sonnette retentit. Je décide de répondre moi-même à l'appel. C'est un garçon de course qui apporte une boîte de truffes glacées. Dix pesetas.

10 h. 26 Je note l'avance que j'ai déboursée. Je mets la boîte de truffes dans le congélateur. Je la ressors, je mange dix truffes, j'arrange celles qui restent pour que ça ne se voie pas et je remets la boîte dans le congélateur. Je lis la carte. Je préfère ne pas reproduire ce qu'elle dit. Température, 25 degrés centigrades ; humidité relative, 75 % ; vents faibles du sud-ouest ; état de la mer, peu agitée.

10 h. 29 La sonnette retentit. Je décide de répondre moi-même à l'appel. C'est un garçon de course qui apporte une corbeille. Dans la corbeille : savon parfumé, mousse pour le bain, crème hydratante, lait de beauté, éponge, eau de toilette.

Dix pesetas. Je porte le tout dans la salle de bains. Je jette la carte dans la cuvette des cabinets (sans la lire) et je tire la chaîne. Je note l'avance que j'ai déboursée. La sonnette retentit.

10 h. 32 Je décide de répondre moi-même à l'appel. Cette fois, ce n'est pas un garçon de course, c'est un grand gaillard. Il a les mains vides et il dit qu'il veut parler à la maîtresse de maison. Je réponds que la maîtresse de maison n'est pas visible pour le moment. J'ajoute que, s'il le désire, il peut revenir plus tard ou me laisser sa carte de visite. Le grand gaillard me demande si je suis par hasard le mari de la maîtresse de maison. Non, monsieur, certainement pas. Son fiancé, peut-être ? Pas davantage. Dans ce cas, qui suis-je et qu'est-ce que je fous ici ? Je lui réponds que je suis le *majordome* et que je fais du karaté, alors pas de bêtises, O.K. ?

10 h. 34 Le grand gaillard me refait une figure toute neuve et s'en va. Au moins, j'ai économisé dix pesetas.

10 h. 36 Je me dirige vers la cuisine à tâtons en suivant les murs du couloir, et je me heurte à Gurb qui a été réveillé par le bruit de ma tête cognant contre le paillasson et les montants de la porte. Je lui raconte ce qui vient de m'arriver et, au lieu de me manifester sa compassion, il éclate de rire. En voyant que je *fronce les sourcils*, il

maîtrise ce rire stupide qu'il est allé chercher je ne sais où, et m'explique que le grand gaillard est un prétendant jaloux qui le poursuit depuis des jours. Hier, sans aller plus loin, il a fait sauter les dents du *majordome* précédent d'un seul coup de poing. C'est un violent et un passionné, dit-il ; c'est pour ça qu'il l'aime, ajoute-t-il.

10 h. 40 Je soigne mes plaies avec de l'eau oxygénée. Je suis tellement couvert d'ecchymoses que je me métamorphose en Tutmosis II, ce qui m'épargne de mettre des bandages.

11 h. 00 En sortant de la salle de bains, j'entends la voix de Gurb qui m'appelle de la terrasse. J'y vais et je constate (avec satisfaction) qu'il a préparé le petit déjeuner et l'a disposé sur une petite table en marbre, sous le parasol. Déception : demi-pamplemousse, thé au citron, toasts beurrés à la marmelade d'oranges amères. Je pense avec tristesse à ma tortilla aux aubergines et à la bière du café de Mme Mercedes et de M. Joaquín, mais je mange ce qu'il y a et je ne dis rien. Des fenêtres et des balcons voisins sont braqués jumelles, longues-vues et télescopes sur le déshabillé saumon de Gurb. Je considère l'éventualité d'envoyer un rayon désintégrateur sur les curieux, mais j'opte pour faire semblant de ne rien remarquer.

11 h. 10 Nous achevons le petit déjeuner en un clin d'œil. Gurb allume une cigarette. Je feins une

toux violente pour qu'il se rende compte que la fumée est désagréable et hautement nocive. S'il veut s'intoxiquer c'est son affaire, mais il n'a pas le droit d'obliger les autres à respirer un air pollué. Le message salutaire que lui délivre implicitement ma toux tombe dans le vide : Gurb continue à fumer et je m'arrache la gorge pour rien.

11 h. 15 Je demande à Gurb si ce qu'il a dit cette nuit était sérieux. Gurb me demande à son tour à quoi je fais allusion. À ses projets : le bar à la mode. Bien sûr que c'était sérieux. Et Miss Belles-Fesses ? Ça aussi, c'était sérieux ? Et comment, dit-il. Et moi, je pourrai faire le présentateur ? Naturellement. Et passer le bandeau à la gagnante ? Je pourrai faire tout ce dont j'ai envie, dit-il : puisque je serai le patron.

11 h. 20 Je dessers le petit déjeuner, j'emporte tout à la cuisine. Gurb reste sur la terrasse pour lire *La Vanguardia*. Je range les assiettes, les tasses et les couverts dans le lave-vaisselle.

11 h. 30 J'astique l'argenterie.

12 h. 30 Je passe l'aspirateur. Je change le sac à poussière.

13 h. 00 Je fais les vitres. Pourvu qu'il ne pleuve pas.

13 h. 30 Je fais la lessive. Je repasse des draps. Je trouve un drap usé et effiloché ; j'en fais des torchons.

14 h. 00 Je demande à Gurb à quelle heure on mange, dans cette maison. Réponse : en ce qui le concerne (c'est-à-dire, lui, Gurb), il est attendu dans une demi-heure au Café de Colombie, à la Vaquería et au Dorado Petit (celui de Barcelone et celui de Sant Feliu). Il accepte toujours trois invitations à la fois, dit-il, pour pouvoir choisir à la dernière minute. Quant à moi, je peux prendre tout ce que je veux dans le réfrigérateur.

14 h. 30 Gurb se douche, se parfume, se coiffe, s'habille, se maquille. Il me fait appeler un radio-taxi. Doux Jésus, doux Jésus, s'exclame-t-il, toujours pressé, toujours en retard partout. Ça n'est pas une vie. J'essaye de lui dire que s'il se levait plus tôt et s'il faisait moins la noce, il n'aurait pas à se bousculer comme ça, mais il est déjà parti. Je n'ai plus qu'à ramasser les affaires qu'il a laissées traîner partout.

14 h. 50 Dans le réfrigérateur je ne trouve qu'une bouteille de champagne à moitié vide, une orchidée moisie et des éprouvettes dont je préfère ne pas analyser le contenu.

15 h. 00 Je mange au café de la Casa Vicente. Salade de saison ou gaspacho, poulet aux macaro-

nis, 650 pesetas. Pain, boisson, dessert et café en supplément. Avec les taxes et le service, je m'en sors pour 900 pesetas.

16 h. 00 De retour dans la garçonnière de Gurb. Trente et quelques messages sur le répondeur. J'écoute les quatre premiers. J'ouvre le courrier : des factures, et encore des factures.

16 h. 40 Deux albums de photos. Coupures de presse : Gurb à San Tuna, Gurb au palais de la Zarzuela, Gurb aux lâchers de vachettes de la Saint-Firmin. Un Polaroid froissé et flou : Gurb avec un inconnu dans ce qui pourrait être une rue de Paris. Gurb entrant au Danieli. Gurb sortant du Harry's Bar. Gurb marraine de la promotion des ingénieurs des mines. Gurb embrassant Yves Saint Laurent après un défilé de mode. Sur une terrasse de la Castellana avec Pedro Almodovar. Dansant avec I. M. Pei & partners. Marraine du croiseur lance-missiles *José María Pemán*. Sur une terrasse de la Castellana avec Paco Rabane. Entrant chez Sotheby's. Faisant du shopping avec Raissa chez Saks Fifth Avenue : Mr Saks et Mr Fifth accueillent leurs illustres clientes : *Dear* ladies, *dear* ladies ! Marraine du premier (et dernier) rhinocéros né au zoo de Madrid. Sur une terrasse de la Castellana avec Mastroianni. Dansant avec Akbar Hachemi Rafsandjani.

17 h. 08 Je vais au supermarché du coin. Provisions, articles de ménage, vin, eau gazeuse,

Kleenex, total : 13 674 pesetas. Je conserve le ticket de caisse pour faire les comptes. Je garde pour moi les numéros pour le tirage au sort d'une Honda Civic.

17 h. 30 Retour à la garçonnière de Gurb. Je regarde *Les Bisounours*.

18 h. 00 Je regarde l'émission en catalan *Avanç de l'informatiu vespre*.

18 h. 30 Je regarde l'émission en basque *Maritrapu eta mattintrapuren abenturak*. Suivent des vidéoclips.

20 h. 00 Je mets de l'eau à bouillir dans une casserole. J'y ajoute du sel. J'y mets des carottes, des pommes de terre, du chou, des poireaux, du céleri, une aile de poulet, un os à moelle. Je regarde l'heure.

21 h. 30 J'éteins la cuisinière. Je mets la table. J'arrose les plantes de la terrasse.

22 h. 30 Je dîne seul.

23 h. 00 Ciné-club à la télévision. Cycle « Tel père, tel fils ». Ce soir : *Le Fils de Ben Hur* (1931) avec Ben Turpin et Olivia de Havilland. La semaine prochaine… *Le Fils de Balarrasa*, avec José Sazatomil.

0 h. 30 Je me lave les dents ; je récite mes prières et me couche sur le canapé. Sans nouvelles de Gurb.

1 h. 00 Je n'arrive pas à fermer l'œil.

2 h. 00 Je n'arrive pas à fermer l'œil.

3 h. 00 Je n'arrive pas à fermer l'œil.

4 h. 00 Je me lève. Je passe d'une pièce à l'autre pour calmer ma nervosité. Comme je ne connais pas la disposition des meubles, je me cogne à tous les coins.

4 h. 20 Je m'assieds à la table. Je prends du papier et un stylo à bille.

« Mon cher Gurb,

Il arrive parfois que deux personnes vivent longtemps ensemble sans jamais parvenir à se connaître vraiment. Le cas inverse peut aussi se produire, c'est-à-dire que deux personnes vivent peu de temps ensemble et pourtant, paradoxalement, arrivent à se connaître parfaitement. Il peut encore se passer autre chose, à savoir que deux personnes vivent longtemps ensemble et que l'une d'elles arrive à connaître l'autre sans que celle-ci, de son côté, parvienne à la connaître, auquel cas on ne peut pas dire que ces deux personnes se connaissent vraiment, ce qui ne veut pas dire non plus que ces deux personnes ne se connaissent pas vraiment. Tout cela, bien sûr, n'a aucun rapport avec nous, et si je me suis permis d'en faire état, c'est parce que je ne voudrais pas que tu penses que j'essaye d'introduire entre nous des éléments étrangers au sujet ou qui ne s'y rapportent pas. D'ailleurs, je vais recommencer cette lettre, d'une part pour la raison que je viens de te dire, et ensuite parce que ça fait déjà un bout de temps que j'ai perdu le fil. »

4 h. 35 « Mon cher Gurb,

Avant tout, je voudrais établir une distinction claire entre deux concepts fondamentaux, à savoir les principes et les règles. »

4 h. 50 « Mon cher Gurb,

Maintenant que l'été approche, je crois que le moment est venu de partir. »

4 h. 51 Je colle la lettre au miroir du boudoir avec une goutte de laque. Je relis ce que j'ai écrit. Je décide d'adopter l'apparence d'Yves Montand et de chanter avec beaucoup de sentiment :

Si vous avez peur
Des chagrins d'amour
Évitez les belles…

Mon interprétation est un peu décevante car, par le fait d'une erreur mécanique, je me suis métamorphosé en commandant Cousteau et personne ne peut chanter correctement avec un scaphandre.

5 h. 05 À coups de ciseaux à ongles, je réduis la garde-robe de Gurb à l'état de micro-organismes.

5 h. 12 Je vide les flacons de parfum dans l'évier et je les remplis d'acide sulfurique ; je peins des moustaches sur les tableaux ; je remplis le congélateur de cafards ; j'englue les rideaux de morve ; j'enregistre des pets sonores sur le répondeur ; je mets une truie dans la baignoire. Je quitte l'appartement en claquant la porte.

5 h. 35 Je me réfugie dans le seul bar du quartier qui soit encore ouvert. Les clients sont nombreux, mais comme ils gisent pour la plupart à terre, je trouve aisément une place au comptoir. Je commande six whiskys. Doubles.

6 h. 35 J'arrive dans *mon* appartement. Je me couche dans *mon* lit et je m'endors avant d'avoir eu le temps de fermer les paupières.

Le 24

9 h. 12 Je me réveille avec une gueule de bois carabinée, mais content de ma décision. Petit déjeuner : beignets au whisky. Température, 22 degrés centigrades ; humidité relative, 68 % ; nébulosité abondante avec visibilité réduite près des côtes ; état de la mer, agitée avec des creux inférieurs à un mètre. Un temps idéal pour exécuter mon plan.

9 h. 30 Je quitte mon appartement. Je descends l'escalier d'un pas assuré. Si l'escalier bouge, ce n'est pas de ma faute. Je rencontre la concierge qui étend son linge sur le câble de l'ascenseur. Je lui dis que je veux lui parler d'une affaire personnelle. Pouvons-nous aller dans sa loge ?

9 h. 31 La concierge me conduit dans sa loge, située au sous-sol de l'immeuble. En me la montrant, elle m'explique que l'été c'est un four et l'hiver une glacière. Comme elle n'a pas de cuisine, elle doit faire frire les harengs sur un réchaud à butane, et la fumée l'empêche de voir la télé. Elle

n'a pas de salle de bains. Heureusement, la tuyauterie de l'immeuble passe par sa chambre et elle profite des fuites pour prendre sa douche. Mais, ajoute-t-elle, qu'est-ce que tout ça peut bien me faire ?

9 h. 47 Je lui réponds que j'ai décidé de quitter la ville et que, dans ces conditions, je lui fais cadeau, à elle (la concierge) de mon appartement. Je lui remets les actes notariés et les clefs. La concierge m'avoue qu'elle a toujours su que j'étais un monsieur, un vrai, pas comme les *autres*, qui racontent un tas d'histoires et quand on les met au pied du mur il n'y a que du vent. Pour sceller notre amitié nous tapons dans la bouteille de whisky que j'ai apportée.

10 h. 00 Je me présente à la porte du syndic des copropriétaires. En dépit de l'importance de ses fonctions, il me reçoit en pyjama. Je l'informe que j'ai l'intention de lui laisser une provision pour qu'il fasse remplacer cette saloperie d'ascenseur, repeindre l'escalier, ravaler la façade, changer la tuyauterie, réparer l'Interphone, boucher les crevasses de la terrasse, installer une antenne parabolique et poser de la moquette dans l'entrée. J'ajoute qu'en contrepartie je demande seulement que l'on ait de temps à autre une pensée affectueuse pour moi, vu que je m'apprête à entreprendre un long voyage. Le président dit que si tous les habitants étaient comme moi on aurait évité le socialisme et

toutes ses conneries. Nous tapons dans la bouteille de whisky.

10 h. 20 Je me présente à la porte de ma voisine. Elle m'ouvre en personne. Elle me dit qu'elle était justement sur le point de partir et que je revienne plus tard, je lui réponds que plus tard ça sera trop tard, vu que moi aussi je suis sur le point de partir, et pour longtemps. Est-ce qu'elle me permet d'entrer ? J'en ai pour une minute. Elle accepte avec une certaine réserve car, au point où j'en suis, je dois empester salement le whisky.

10 h. 30 Avec beaucoup de précautions, je dis à ma voisine que j'ai pris la liberté de me renseigner sur sa situation personnelle, tant sur le terrain affectif que sur le terrain économique. Que sur les deux (terrains) sa situation peut être qualifiée de désastreuse. J'ajoute que sur le terrain affectif je ne peux rien lui offrir, et d'ailleurs je n'en ai plus le temps. En revanche, sur le terrain économique…

10 h. 35 Je bafouille. Je me donne du courage en tapant dans la bouteille de whisky. Je poursuis.

10 h. 36 … sur le terrain économique, dis-je, et vu que je suis célibataire, fortuné et de caractère altruiste, j'ai décidé, si ça ne la dérange pas, de déposer dans une banque (suisse) une somme suffisante pour financer les études de son fils,

d'abord ici, et ensuite, le moment venu, à la Harvard School of Business Administration. J'ajoute dans un filet de voix que, quant à elle, je la prie de bien vouloir accepter en souvenir de notre bref voisinage ce modeste collier d'émeraudes.

10 h. 39 Je remets le collier d'émeraudes à ma voisine, je finis la bouteille, je quitte précipitamment l'appartement de ma voisine et je roule dans l'escalier.

12 h. 00 Je vais à pied de la station de métro au vaisseau. L'état dans lequel je le retrouve me bouleverse jusqu'au tréfonds de l'âme. Le lierre obstrue les écoutilles, le revêtement a sauté en plusieurs endroits, quelqu'un a arraché l'image du Sacré-Cœur qui était sur la porte. Je ne peux pas me présenter comme ça sur ma planète.

12 h. 02 J'achète au village un balai-brosse, du Vim, de l'Ajax superammoniaqué et une paire de gants en caoutchouc. Je retourne au vaisseau et je me mets furieusement au travail.

13 h. 30 Je pénètre dans le vaisseau. À part quelques taches d'humidité, l'intérieur ne semble pas avoir trop souffert. Je vérifie les manomètres, le carburant. Tout est normal. Je m'assieds aux commandes. J'actionne la manette de mise à feu. Ron... ron... ron...

13 h. 45 Ron… ron… ron…

14 h. 00 Ron… ron… ron…

14 h. 20 RRRROOOOOOONNNNNN !

14 h. 21 Bon Dieu, quelle peur !

14 h. 22 J'éteins le moteur. Je retourne au village pour m'approvisionner.

15 h. 00 Je charge dans le vaisseau de quoi rendre la traversée moins pénible : dentifrice, nouveautés éditoriales, une bicyclette, un résumé chiffré de l'affaire du métro de Montjuich et quelques autres petites choses.

16 h. 00 Après avoir rempli la cambuse, je découvre qu'elle grouille de cafards. Que faire ? Je peux me munir d'aérosols de Cucal mais, une fois redevenu intelligence pure, comment ferai-je pour actionner le bouton-pressoir ?

16 h. 20 Après plusieurs essais infructueux, j'arrive à établir le contact avec la Station de Liaison AF dans la Constellation d'Antarès. Je les informe que je considère ma mission sur la Terre comme terminée et que je m'apprête à rentrer en profitant des mauvaises conditions atmosphériques (optimales pour la navigation). Je les informe également que je rentre seul, car mon

compagnon d'expédition, le dénommé Gurb, a disparu en service commandé. J'évite de dire la vérité pour ne pas faire de la peine à ses vieux parents.

16 h. 30 La Station de Liaison AF dans la Constellation d'Antarès me prie de répéter mon message. Il semble que la réception soit défectueuse.

16 h. 40 Je répète mon message. Les gens de la Station de Liaison AF dans la Constellation d'Antarès me disent qu'en réalité ils ont parfaitement reçu mon premier message, mais qu'ils me l'ont fait répéter parce que mon accent catalan les a fait se tordre de rire.

17 h. 00 Je me présente au café de Mme Mercedes et de M. Joaquín. Mme Mercedes est derrière le comptoir, comme s'il ne s'était rien passé. M. Joaquín joue aux dominos avec trois clients du même âge que lui. Effusions, tortilla aux aubergines, petite bière. Je leur dis que je viens faire mes adieux. Je rentre chez moi. Tu vois, Joaquín ? Je te l'avais bien dit, que le monsieur n'était pas d'ici. Je leur donne le cadeau que j'ai acheté pour eux : une villa et onze acres de terrain en Floride, où ils pourront se reposer. Voyons, il ne fallait pas. Ça a dû vous coûter un paquet. Taisez-vous, taisez-vous, madame Mercedes ; vous le méritez bien, et

davantage encore. Adieu, adieu. Envoyez-nous une carte postale.

19 h. 00 Tout est prêt pour le décollage. Les issues sont verrouillées. Je commence le compte à rebours. 100, 99, 98, 97.

19 h. 01 J'entends du bruit derrière moi. Encore ces saloperies de cafards ? Je vais voir.

19 h. 02 Gurb ! Mais qu'est-ce que tu fous ici ! Et avec ces talons de dix centimètres ! Tu crois que c'est une tenue pour voyager dans l'espace (ou le temps) ? Gurb me désigne un message chiffré sur l'écran du tableau de transmissions.

19 h. 05 Je déchiffre le message. Il vient de la Junte Suprême. Vu le succès de notre mission sur la Terre (dont on nous félicite), nous devons changer de destination et nous diriger, à des fins identiques, vers la planète BWR 143 qui tourne (comme une idiote) autour d'Alpha du Centaure. Une fois sur place, nous devrons adopter, comme nous l'avons fait ici, la forme des habitants de la planète. Ils ont quarante-neuf pattes, dont deux seulement touchent le sol ; ils ont également un œil, six oreilles, huit nez et onze petites dents. Ils se nourrissent de vase et de chenilles velues qu'ils capturent avec leurs tentacules antéropostérieurs.

19 h. 07 Aux grimaces de Gurb, je devine que la mission qui nous est désignée ne le remplit pas d'un orgueil justifié. Sans lui laisser le temps d'extérioriser davantage un manque d'enthousiasme qui requerrait l'adoption (de ma part) de mesures disciplinaires, je lui oppose divers raisonnements que l'on peut classer en trois catégories (ou moins), à savoir : *a)* que les autorités compétentes savent *toujours* mieux que nous ce qui nous convient, *b)* que la fréquentation d'autres milieux et la connaissance d'autres cultures est *toujours* profitable, et *c)* que c'est *toujours* celui qui paye qui commande. J'ajoute, à titre personnel, que dans son cas particulier le changement lui fera du bien, parce que depuis quelque temps il file un mauvais coton et que l'heure est venue pour lui de cesser d'être jeune, ravissante et riche pour devenir un ver répugnant, ce à quoi Gurb me répond qu'il ne sait pas ce qu'il doit admirer le plus, de ma lucidité ou de la clarté de mes explications.

19 h. 50 Décollage du vaisseau effectué sans difficulté à l'heure prévue (983674856739 heures de l'astrolabe cosmique). Vitesse de décollage : 0,12 de l'échelle conventionnelle (restreinte). Angle d'incidence par rapport au périhélie, 54 degrés. Durée prévue du trajet : 784 ans. Destination : ALPHA DU CENTAURE.

19 h. 55 Gurb et moi sortons de derrière le panneau publicitaire des Jeux olympiques, un peu

étourdis par le tourbillon des turbines. Nous regardons le vaisseau disparaître dans les nuages. Il faut nous presser, si nous voulons éviter la pluie avant d'être arrivés au métro.

20 h. 00 Gurb exprime l'opinion (à mon avis erronée) que je suis un imbécile. Si je n'avais pas dépensé, dit-il, jusqu'à ma dernière peseta à faire des cadeaux à n'importe qui pour jouer au malin, nous pourrions appeler un taxi et nous épargner la marche à pied. Il ajoute qu'avec sa jupe-fourreau, c'est un vrai calvaire. À l'avenir, c'est lui qui s'occupera des questions d'argent. Avant que j'aie pu lui rappeler que, même si nous ne sommes plus dans le vaisseau, je reste son supérieur hiérarchique, une voiture nous dépasse, Gurb lui fait des signes et la voiture s'arrête. Gurb retrousse sa jupe et court vers la voiture. Sans prêter attention à mes ordres impératifs, il monte dans la voiture. La voiture démarre.

2 h. 00 Sans nouvelles de Gurb.

DU MÊME AUTEUR

Le Mystère de la crypte ensorcelée
Seuil, 1982
et « Points », n° P459

Le Labyrinthe aux olives
Seuil, 1985
et « Points », n° P460

La Vérité sur l'affaire Savolta
Flammarion, 1987
et « Points », n° P461

La Ville des prodiges
Seuil, 1988
et « Points », n° P46
Point Deux, 2013

L'Île enchantée
Seuil, 1991
et « Points », n° P657

L'Année du déluge
Seuil, 1993
et « Points », n° P38

Une comédie légère
prix du Meilleur Livre étranger 1998
Seuil, 1998
et « Points », n° P658

L'Artiste des dames
Seuil, 2002
et « Points », n° P1076

Le Dernier Voyage d'Horatio II
Seuil, 2004
et « Points », n° P1343

Mauricio ou les Élections sentimentales
Seuil, 2007
et « Points », n° P1994

Les Aventures miraculeuses de Pomponius Flatus
Seuil, 2009
et « Points », n° P2405

Bataille de chats
Madrid 1936
Seuil, 2012

ÉGALEMENT CHEZ POINTS

La Vérité sur l'affaire Savolta
Eduardo Mendoza

Dans la capitale catalane livrée aux grèves ouvrières, aux attentats anarchistes, à la répression policière, aux pratiques de politiciens véreux, trois survivants d'une série de meurtres répondent aux questions des enquêteurs. On croise une grande famille, un escroc séduisant, une gitane ensorceleuse et un narrateur naïf. Ce sont à travers eux les deux visages irréconciliables de la Barcelone des années 1917-1919 qui sont reconstitués ici.

« Avec un savant mélange d'humour, de roman noir et d'étude sociologique, Mendoza construit un des plus gros best-sellers espagnol de ces dernières années. »

Libération

ÉGALEMENT CHEZ POINTS

Les Aventures miraculeuses de Pomponius Flatus

Eduardo Mendoza

Le village de Nazareth est très agité : Joseph est accusé de meurtre. Or, en sa qualité de charpentier, il est le seul à pouvoir construire la croix sur laquelle il doit être cloué… Voilà qu'arrive le philosophe Pomponius, errant aux confins de l'Empire romain en quête d'eaux miraculeuses. Moyennant finances, il accepte d'aider Jésus, convaincu de l'innocence de son père, à démasquer le vrai coupable.

« Grâce à Mendoza on réussit à rire et à lire à la fois, ce qui est plutôt rare. »

El Mundo

ÉGALEMENT CHEZ POINTS

Mauricio ou les élections sentimentales

Eduardo Mendoza

Mauricio, jeune dentiste aisé et désenchanté, vit dans le Barcelone d'après Franco. Partagé entre ce qu'il est et ce qu'il aurait voulu être, il noue une relation avec deux femmes que tout oppose. À l'image d'une société espagnole confrontée à la fin de ses utopies, il cherche sans trop y croire le juste milieu entre un idéal solidaire et son désir égoïste de prospérité.

« Mauricio, c'est notre semblable, le témoin d'une société inique qui veut échapper au cynisme ambiant. »

Télérama

ÉGALEMENT CHEZ POINTS

La Ville des prodiges

Eduardo Mendoza

Onofre Bouvila entre dans Barcelone où se prépare l'Exposition universelle de 1888. Le petit paysan et la cité balbutiante grandissent ensemble : d'émerveillements en audaces, de prodiges en scandales, la ville lui offre sa splendeur et ses dangers. Le cœur de Barcelone s'emballe et emporte dans sa frénésie le siècle et les hommes…

« Une histoire de Barcelone et de la Catalogne, qui vous scotche de la première à la cinq centième page. »

Géo

ÉGALEMENT CHEZ POINTS

Le Dernier Voyage d'Horatio II

Eduardo Mendoza

Paresseux, incompétent et âgé, le commandant Horatio II a été chargé d'une mission intergalactique : conduire vers une destination inconnue un groupe de marginaux rejetés par la société. Un vaisseau en piteux état, des passagers alcooliques, un équipage indiscipliné ; très vite un indescriptible chaos s'installe à bord… Un petit bijou désopilant, burlesque et déjanté.

« Mendoza nous offre une fable cosmique et comique. »

L'Express

ÉGALEMENT CHEZ POINTS

L'Artiste des dames
Eduardo Mendoza

Cañuto, ancien braqueur de banques condamné dans un asile psychiatrique est soudainement libéré. Devenu coiffeur, il accepte un nouveau job : voler des documents. Mais dès le lendemain de sa mission, on retrouve un cadavre dans le bureau cambriolé. Et le brave Cañuto se voit obligé de mener lui-même l'enquête pour être disculpé de ce meurtre...

« Il n'y a pas beaucoup de livres qu'on dévore les larmes... de rire aux yeux ».

La Vie

ÉGALEMENT CHEZ POINTS

L'Île enchantée
Eduardo Mendoza

Fabregas décide de vivre son rêve. Sur un coup de tête, il fait sa valise, claque la porte de sa maison catalane et abandonne les siens. Peu à peu, l'escapade du départ se transforme en errance dans une Venise décadente. Captivé par une jeune fille fuyante, Fabregas collectionne rencontres fortuites, événements insolites et situations cocasses…

« Un plaisir à la lecture. »

Le Figaro Magazine

ÉGALEMENT CHEZ POINTS

Le Labyrinthe aux olives
Eduardo Mendoza

Enfermé dans un asile – contre son gré – depuis six ans, Cañuto jardinait tranquillement sans rien demander à personne quand un beau jour il se retrouve kidnappé. Ses ravisseurs, des policiers véreux, veulent lui confier une mission confidentielle, à la demande d'un prétendu ministre de l'Agriculture. Débute alors une aventure follement burlesque, où le mystère le dispute aux faux-semblants.

« Une écriture d'une richesse inouïe, qui fait de Mendoza l'égal des plus grands, entre Stendhal et Flaubert. »

Le Courrier picard

IMPRESSION : CPI BRODARD ET TAUPIN À LA FLÈCHE
DÉPÔT LÉGAL JANVIER 2013. N° 110295 (71001)
IMPRIMÉ EN FRANCE

Éditions Points

Le catalogue complet de nos collections est sur Le Cercle Points, ainsi que des interviews de vos auteurs préférés, des jeux-concours, des conseils de lecture, des extraits en avant-première…

www.lecerclepoints.com

DERNIERS TITRES PARUS

P2719. Les jours s'en vont comme des chevaux sauvages dans les collines, *Charles Bukowski*
P2720. Ma grand-mère avait les mêmes. Les dessous affriolants des petites phrases *Philippe Delerm*
P2721. Mots en toc et formules en tic. Petites maladies du parler d'aujourd'hui, *Frédéric Pommier*
P2722. Les 100 plus belles récitations de notre enfance
P2723. Chansons. L'Intégrale, *Charles Aznavour*
P2724. Vie et opinions de Maf le chien et de son amie Marilyn Monroe, *Andrew O'Hagan*
P2725. Sois près de moi, *Andrew O'Hagan*
P2726. Le Septième Fils, *Arni Thorarinsson*
P2727. La Bête de miséricorde, *Fredric Brown*
P2728. Le Cul des anges, *Benjamin Legrand*
P2729. Cent seize Chinois et quelque, *Thomas Heams-Ogus*
P2730. Conversations avec moi-même. Lettres de prison, notes et carnets intimes *Nelson Mandela*
P2731. L'Inspecteur Ali et la CIA, *Driss Chraïbi*
P2732. Ce délicieux Dexter, *Jeff Lindsay*
P2733. Cinq femmes et demie, *Francisco González Ledesma*
P2734. Ils sont devenus français, *Doan Bui, Isabelle Monnin*
P2735. D'une Allemagne à l'autre. Journal de l'année 1990 *Günter Grass*
P2736. Le Château, *Franz Kafka*
P2737. La Jeunesse mélancolique et très désabusée d'Adolf Hitler *Michel Folco*
P2738. L'Enfant des livres, *François Foll*
P2739. Karitas, l'esquisse d'un rêve, *Kristín Marja Baldursdóttir*

P2740. Un espion d'hier et de demain, *Robert Littell*
P2741. L'Homme inquiet, *Henning Mankell*
P2742. La Petite Fille de ses rêves, *Donna Leon*
P2743. La Théorie du panda, *Pascal Garnier*
P2744. La Nuit sauvage, *Terri Jentz*
P2745. Les Lieux infidèles, *Tana French*
P2746. Vampires, *Thierry Jonquet*
P2747. Eva Moreno, *Håkan Nesser*
P2748. La 7e victime, *Alexandra Marinina*
P2749. Mauvais fils, *George P. Pelecanos*
P2750. L'espoir fait vivre, *Lee Child*
P2751. La Femme congelée, *Jon Michelet*
P2752. Mortelles Voyelles, *Gilles Schlesser*
P2753. Brunetti passe à table. Recettes et récits
Roberta Pianaro et Donna Leon
P2754. Les Leçons du Mal, *Thomas Cook*
P2755. Joseph sous la pluie. Roman, poèmes, dessins
Mano Solo
P2756. Le Vent de la Lune, *Antonio Muñoz Molina*
P2757. Ouvrière, *Franck Magloire*
P2758. Moi aussi un jour, j'irai loin, *Dominique Fabre*
P2759. Cartographie des nuages, *David Mitchell*
P2760. Papa et maman sont morts, *Gilles Paris*
P2761. Caravansérail, *Charif Majdalani*
P2762. Les Confessions de Constanze Mozart
Isabelle Duquesnoy
P2763. Esther Mésopotamie, *Catherine Lépront*
P2764. L'École des Absents, *Patrick Besson*
P2765. Le Livre des brèves amours éternelles, *Andreï Makine*
P2766. Un long silence, *Mikal Gilmore*
P2767. Les Jardins de Kensington, *Rodrigo Fresán*
P2768. Samba pour la France, *Delphine Coulin*
P2769. Danbé, *Aya Cissoko et Marie Desplechin*
P2770. Wiera Gran, l'accusée, *Agata Tuszyńska*
P2771. Qui a tué l'écologie ?, *Fabrice Nicolino*
P2772. Rosa Candida, *Audur Ava Olafsdóttir*
P2773. Otage, *Elie Wiesel*
P2774. Absurdistan, *Gary Shteyngart*
P2775. La Geste des Sanada, *Yasushi Inoué*
P2776. En censurant un roman d'amour iranien
Shahriar Mandanipour
P2777. Un café sur la Lune, *Jean-Marie Gourio*
P2778. Caïn, *José Saramago*
P2779. Le Triomphe du singe-araignée, *Joyce Carol Oates*
P2780. Faut-il manger les animaux ?, *Jonathan Safran Foer*

P2781. Les Enfants du nouveau monde, *Assia Djebar*
P2782. L'Opium et le Bâton, *Mouloud Mammeri*
P2783. Cahiers de poèmes, *Emily Brontë*
P2784. Quand la nuit se brise. Anthologie de poésie algérienne
P2785. Tibère et Marjorie, *Régis Jauffret*
P2786. L'Obscure Histoire de la cousine Montsé, *Juan Marsé*
P2787. L'Amant bilingue, *Juan Marsé*
P2788. Jeux de vilains, *Jonathan Kellerman*
P2789. Les Assoiffées, *Bernard Quiriny*
P2790. Les anges s'habillent en caillera, *Rachid Santaki*
P2791. Yum Yum Book, *Robert Crumb*
P2792. Le Casse du siècle, *Michael Lewis*
P2793. Comment Attila Vavavoom remporta la présidentielle avec une seule voix d'avance, *Jacques Lederer*
P2794. Le Nazi et le Barbier, *Edgar Hilsenrath*
P2795. Chants berbères de Kabylie, *Jean Amrouche*
P2796. Une place au soleil, *Driss Chraïbi*
P2797. Le Rouge du tarbouche, *Abdellah Taïa*
P2798. Les Neuf Dragons, *Michael Connelly*
P2799. Le Mécano du vendredi (illustrations de Jacques Ferrandez), *Fellag*
P2800. Le Voyageur à la mallette *suivi de* Le Vieux Quartier *Naguib Mahfouz*
P2801. Le Marquis des Éperviers, *Jean-Paul Desprat*
P2802. Spooner, *Pete Dexter*
P2803. « Merci d'avoir survécu », *Henri Borlant*
P2804. Secondes noires, *Karin Fossum*
P2805. Ultimes Rituels, *Yrsa Sigurdardottir*
P2806. Le Sourire de l'agneau, *David Grossman*
P2807. Le garçon qui voulait dormir, *Aharon Appelfeld*
P2808. Frontière mouvante, *Knut Faldbakken*
P2809. Je ne porte pas mon nom, *Anna Grue*
P2810. Tueurs, *Stéphane Bourgoin*
P2811. La Nuit de Geronimo, *Dominique Sylvain*
P2812. Mauvais Genre, *Naomi Alderman*
P2813. Et l'âne vit l'ange, *Nick Cave*
P2814. Les Yeux au ciel, *Karine Reysset*
P2815. Un traître à notre goût, *John le Carré*
P2816. Les Larmes de mon père, *John Updike*
P2817. Minuit dans une vie parfaite, *Michael Collins*
P2818. Aux malheurs des dames, *Lalie Walker*
P2819. Psychologie du pingouin et autres considérations scientifiques, *Robert Benchley*
P2820. Petit traité de l'injure. Dictionnaire humoristique *Pierre Merle*
P2821. L'Iliade, *Homère*

P2822. Le Roman de Bergen. 1950 Le Zénith – tome III
Gunnar Staalesen
P2823. Les Enquêtes de Brunetti, *Donna Leon*
P2824. Dernière Nuit à Twisted River, *John Irving*
P2825. Été, *Mons Kallentoft*
P2826. Allmen et les libellules, *Martin Suter*
P2827. Dis camion, *Lisemai*
P2828. La Rivière noire, *Arnaldur Indridason*
P2829. Mary Ann en automne. Chroniques de San Francisco, épisode 8, *Armistead Maupin*
P2830. Les Cendres froides, *Valentin Musso*
P2831. Les Compliments. Chroniques, *François Morel*
P2832. Bienvenue à Oakland, *Eric Miles Williamson*
P2833. Tout le cimetière en parle, *Marie-Ange Guillaume*
P2834. La Vie éternelle de Ramsès II, *Robert Solé*
P2835. Nyctalope ? Ta mère. Petit dictionnaire loufoque des mots savants, *Tristan Savin*
P2836. Les Visages écrasés, *Marin Ledun*
P2837. Crack, *Tristan Jordis*
P2838. Fragments. Poèmes, écrits intimes, lettres,
Marilyn Monroe
P2839. Histoires d'ici et d'ailleurs, *Luis Sepúlveda*
P2840. La Mauvaise Habitude d'être soi
Martin Page, Quentin Faucompré
P2841. Trois semaines pour un adieu, *C.J. Box*
P2842. Orphelins de sang, *Patrick Bard*
P2843. La Ballade de Gueule-Tranchée, *Glenn Taylor*
P2844. Cœur de prêtre, cœur de feu, *Guy Gilbert*
P2845. La Grande Maison, *Nicole Krauss*
P2846. 676, *Yan Gérard*
P2847. Betty et ses filles, *Cathleen Schine*
P2848. Je ne suis pas d'ici, *Hugo Hamilton*
P2849. Le Capitalisme hors la loi, *Marc Roche*
P2850. Le Roman de Bergen. 1950 Le Zénith – tome IV
Gunnar Staalesen
P2851. Pour tout l'or du Brésil, *Jean-Paul Delfino*
P2852. Chamboula, *Paul Fournel*
P2853. Les Heures secrètes, *Élisabeth Brami*
P2854. J.O., *Raymond Depardon*
P2855. Freedom, *Jonathan Franzen*
P2856. Scintillation, *John Burnside*
P2857. Rouler, *Christian Oster*
P2858. Accabadora, *Michela Murgia*
P2859. Kampuchéa, *Patrick Deville*
P2860. Les Idiots (petites vies), *Ermanno Cavazzoni*

P2861. La Femme et l'Ours, *Philippe Jaenada*
P2862. L'Incendie du Chiado, *François Vallejo*
P2863. Le Londres-Louxor, *Jakuta Alikavazovic*
P2864. Rêves de Russie, *Yasushi Inoué*
P2865. Des garçons d'avenir, *Nathalie Bauer*
P2866. La Marche du cavalier, *Geneviève Brisac*
P2867. Cadrages & Débordements
Marc Lièvremont (avec Pierre Ballester)
P2868. Automne, *Mons Kallentoft*
P2869. Du sang sur l'autel, *Thomas Cook*
P2870. Le Vingt et Unième cas, *Håkan Nesser*
P2871. Nous, on peut. Manuel anticrise à l'usage du citoyen
Jacques Généreux
P2872. Une autre jeunesse, *Jean-René Huguenin*
P2873. L'Amour d'une honnête femme, *Alice Munro*
P2874. Secrets de Polichinelle, *Alice Munro*
P2875. Histoire secrète du Costaguana, *Juan Gabriel Vásquez*
P2876. Le Cas Sneijder, *Jean-Paul Dubois*
P2877. Assommons les pauvres !, *Shumona Sinha*
P2878. Brut, *Dalibor Frioux*
P2879. Destruction massive. Géopolitique de la faim
Jean Ziegler
P2880. Une petite ville sans histoire, *Greg Iles*
P2881. Intrusion, *Natsuo Kirino*
P2882. Tatouage, *Manuel Vázquez Montalbán*
P2883. D'une porte l'autre, *Charles Aznavour*
P2884. L'Intégrale Gainsbourg. L'histoire de toutes ses chansons
Loïc Picaud, Gilles Verlant
P2885. Hymne, *Lydie Salvayre*
P2886. B.W., *Lydie Salvayre*
P2887. Les Notaires. Enquête sur la profession la plus puissante
de France, *Laurence de Charette, Denis Boulard*
P2888. Le Dépaysement. Voyages en France
Jean-Christophe Bailly
P2889. Les Filles d'Allah, *Nedim Gürsel*
P2890. Les Yeux de Lira, *Eva Joly et Judith Perrignon*
P2891. Recettes intimes de grands chefs, *Irvine Welsh*
P2892. Petit Lexique du petit, *Jean-Luc Petitrenaud*
P2893. La Vie sexuelle d'un islamiste à Paris, *Leïla Marouane*
P2894. Ils sont partis avec panache. Les dernières paroles,
de Jules César à Jimi Hendrix, *Michel Gaillard*
P2896. Le Livre de la grammaire intérieure, *David Grossman*
P2897. Philby. Portrait de l'espion en jeune homme
Robert Littell
P2898. Jérusalem, *Gonçalo M. Tavares*

P2899. Un capitaine sans importance, *Patrice Franceschi*
P2900. Grenouilles, *Mo Yan*
P2901. Lost Girls, *Andrew Pyper*
P2902. Satori, *Don Winslow*
P2903. Cadix, ou la diagonale du fou, *Arturo Pérez-Reverte*
P2904. Cranford, *Elizabeth Gaskell*
P2905. Les Confessions de Mr Harrison, *Elizabeth Gaskell*
P2906. Jón l'Islandais, *Bruno d'Halluin*
P2907. Journal d'un mythomane, vol. 1, *Nicolas Bedos*
P2908. Le Roi prédateur, *Catherine Graciet et Éric Laurent*
P2909. Tout passe, *Bernard Comment*
P2910. Paris, mode d'emploi. Bobos, néo-bistro, paniers bio et autres absurdités de la vie parisienne *Jean-Laurent Cassely*
P2911. J'ai réussi à rester en vie, *Joyce Carol Oates*
P2912. Folles nuits, *Joyce Carol Oates*
P2913. L'Insolente de Kaboul, *Chékéba Hachemi*
P2914. Tim Burton : entretiens avec Mark Salisbury
P2915. 99 proverbes à foutre à la poubelle, *Jean-Loup Chiflet*
P2916. Les Plus Belles Expressions de nos régions *Pascale Lafitte-Certa*
P2917. Petit dictionnaire du français familier. 2000 mots et expressions, d'« avoir la pétoche » à « zigouiller », *Claude Duneton*
P2918. Les Deux Sacrements, *Heinrich Böll*
P2919. Le Baiser de la femme-araignée, *Manuel Puig*
P2920. Les Anges perdus, *Jonathan Kellerman*
P2921. L'Humour des chats, *The New Yorker*
P2922. Les Enquêtes d'Erlendur, *Arnaldur Indridason*
P2923. Intermittence, *Andrea Camilleri*
P2924. Betty, *Arnaldur Indridason*
P2925. Grand-père avait un éléphant *Vaikom Muhammad Basheer*
P2926. Les Savants, *Manu Joseph*
P2927. Des saisons au bord de la mer, *François Maspero*
P2928. Le Poil et la Plume, *Anny Duperey*
P2929. Ces 600 milliards qui manquent à la France *Antoine Peillon*
P2930. Pensées pour moi-même. Le livre autorisé de citations *Nelson Mandela*
P2931. Carnivores domestiques (illustrations d'OlivSteen) *Erwan Le Créac'h*
P2932. Tes dernières volontés, *Laura Lippman*
P2933. Disparues, *Chris Mooney*
P2934. La Prisonnière de la tour, *Boris Akounine*
P2935. Cette vie ou une autre, *Dan Chaon*